Patrick McCabe

Breakfast on Pluto

Patrick McCabe

Breakfast on Pluto

Aus dem Englischen
von Hans-Christian Oeser

Eichborn.

Für Fionán und R.

CIP-Einheitsaufnahme

McCabe, Patrick:
Breakfast on Pluto : Roman / Patrick McCabe. Übers.: Christian Oeser.
– Frankfurt am Main :
Eichborn, 2000
Einheitssacht.: Breakfast on Pluto <dt.>
ISBN 3-8218-0589-7

Originaltitel »Breakfast on Pluto«

Umschlaggestaltung: Moni Port unter Verwendung einer Fotografie
der © Mauritius Bildagentur
Lektorat: Doris Engelke
Satz: Fuldaer Verlagsagentur, Fulda
Druck und Bindung: Wiener Verlag, Himberg
ISBN 3-8218-0589-7

Verlagsverzeichnis schickt gern:
Eichborn Verlag, Kaiserstraße 66, D-60329 Frankfurt am Main
http://www.eichborn.de

Go anywhere,
Go anywhere without leaving your chair
And let your thoughts run free
Living within all the dreams you can spin
There is so much to see
We'll visit the stars
and journey to Mars
Finding our breakfast on Pluto!

Mit *Breakfast on Pluto* kam Don Partridge 1969 in die englischen Charts.

Ich war eine Hosteß mit Niveau

Auch wenn ich nicht mehr allzu viele Kunden habe, leider! Ich kann mir gut vorstellen, wie meine alten Bekannten reagieren würden, wenn sie mich jetzt hier sitzen sähen in meinem albernen alten Hauskittel und Kopftuch – allesamt Hals über Kopf zur Tür hinaus und die Kilburn High Road runter, die Saubande! Aber es ist sinnlos zu klagen – irgendwann ist schließlich jede Schönheit ramponiert, und mag auch die Glanzzeit der armen, alten, süßen Miez-Miez-Muschi als Abzockerin für immer vorbei sein – sei's drum! Deswegen mach ich mir doch keinen Kopf, Mädels! Gebt mir Vic Damone, South Pacific und einen Stapel bunte Illustrierte, und ich bin glücklich, wenn ich die Seiten von *New Faces of the Fifties, Picturegoer* und *Screen Parade* durchblättern und mich noch einmal fröhlich unter die Stars von dazumal mischen kann.

Hier in der Gegend nennen sie mich Mütterchen Riley und rufen immer: »Na, wie wär's denn mit uns beiden, Süße?« oder »Aussicht auf 'ne Nummer heute abend, Mrs. Riley?«, sobald sie mich reinkommen hören.

Ich möchte liebend gerne wissen, was sie sagen würden, wenn sie plötzlich herausfänden, wie viele »Nummern« die Alte zu ihrer Zeit geschoben hat! Glaubt mir, manchmal kann ich's mir kaum verkneifen und bin drauf und dran, zurückzurufen: »Aber ja doch! Jederzeit, Jungs! Heute abend lasse ich die Tür auf, dann könnt ihr alle reinmarschiert kommen und mir was geigen. Warum denn nicht?«

Da würden sie bestimmt ganz schnell die Mücke machen! Furchtbar peinlich wäre es ihnen, den armen, kleinen, unschuldigen, rotbäckigen, schaufelschwingenden Söhnen der Grafschaften Sligo, Leitrim und Roscommon mit ihren schwieligen Pranken!

Aber am besten lassen wir es nicht dazu kommen, denn in Wahrheit sind es alles grundanständige Kerle. Was sollen sie jetzt, nach vielen Jahren, mit all den schmutzigen, saftigen Einzelheiten aus dem Leben des lieben Patrick Braden anfangen – seufz! – aus dem Leben der süßen Mieze Kit-Kit, der parfümierten Schönen der Nacht, die einst im Blitzlichtgewitter die Laufstege der Welt erstürmt und gekrischen hat: »Uh! Schätzchen, ich hab dir doch gesagt, von meiner Schokoladenseite!«

Wie sie dann davonschritt am Arm von Mr. Schwerblütig! Dem muskulösen schönen Mann, der geheimnisvollen Sorte, die ihr gefiel. Der mit Baßstimme säuselte: »Ich liebe dich!«, bis ihr der Magen gluckste und sie ihm in die Arme sank.

Ein Ratschlag von Dr. Terence

Schreiben Sie alles auf, hat Terence gesagt. »Alles?« habe ich gefragt. »Ja«, hat er geantwortet. »Geradeso, wie's Ihnen in den Sinn kommt.«

Toll, daß er das gesagt hat. Besonders weil er so aufmerksam zuhörte, wenn man ihm vorlas, und einem das Gefühl gab, man sei sein ganz besonderer Patient – egal, wo er gerade war oder was er tat, man brauchte nur seinen Namen zu rufen, und schon kam er herbei: »Na? Wie geht's unserem Schreiber?«

So nannte er mich nämlich – unser Schreiber! »Ah! Da sind Sie ja! Wie geht's meinem alten Freund, unserem Schreiber, denn heute?«

Deshalb war es um so schlimmer, daß er sich einfach verdrückt hat.

Eines Morgens wachst du auf, rufst wie gewöhnlich seinen Namen, und was mußt du feststellen? Er ist weg – futsch!, wie man in Tyreelin sagt.

Ich will nicht so tun, als hätte mich das kaltgelassen. Geheult habe ich, tagelang. »Wie gefällt dir das?« habe ich mich gefragt. »Diesmal hast du dich aber ganz schön zum Narren halten lassen, Braden, hast den ganzen Mist zusammengeschmiert und dir eingebildet, Terence würde deinetwegen bleiben!«

Aber Hoffen schadet nicht, was? Hoffen hat ja auch nicht geschadet, oder? Daß er jeden Morgen dasein würde, wenn du aufwachst – vor dir stünde und dich bis in alle Ewigkeit mit diesem wunderbaren Lächeln ansähe.

Mir fehlen die Worte, um zu beschreiben, wie schön es hätte sein können – trotz der Kunstfertigkeit, die mir auf diesem Gebiet nachgerühmt wird. (In der Schule sagte Glupschauge Egan immer: »Braden! Deine Aufsätze – die sind einfach wunderbar! Wenn du nur zur Ruhe kommen würdest! Du könntest so gut sein!«)

Es tut mir nicht leid, daß ich das alles aufgeschrieben habe (zum Schluß habe ich einen Titel darübergesetzt – Leben und Wirken des Patrick Braden – sehr originell, was?), denn manches davon hat ihm echt gefallen – das weiß ich, weil er es mir gesagt hat. »Das ist ja großartig!« sagte er eines Tages und hob seine buschigen Augenbrauen. »Wirklich!« Und da hatte ich nur noch den einen Wunsch, fragt mich nicht, wieso – daß er den Arm um mich legt und sagt: »Muschi ist mein! Sie ist mein, und sie gehört hierher! Zu mir!« Eine seiner Lieblingsstellen, die ich ihm immer wieder raussuchen mußte, war die über Schnurres, obwohl er wußte, daß er mich eigentlich hätte überzeugen müssen, sie nicht so zu nennen (für ihn war sie schließlich meine Mutter). Ich hätte auch gar nichts dagegen gehabt. Ihm zuliebe hätte ich der alten Schrulle jeden Namen verpaßt.

Leben und Wirken
des Patrick Braden

Erstes Kapitel
Fröhliche Weihnachten, Mrs. Schnurres!

Es war ein strahlend schöner Weihnachtsmorgen. In dem kleinen Dorf südlich der irisch-irischen Grenze herrschte eine Atmosphäre gespannter, aber vergnügter Erwartung. Als spürten sie die Feiertagsstimmung und die erlaubte Völlerei, die Teil der beliebten Festlichkeiten war, begannen die kleinen Vögel ihre strategische Invasion und bearbeiteten mit eifrigen Schnäbeln, scharf wie Pfeilspitzen, die bereiften goldenen Stannioldeckel der in aller Herrgottsfrühe hingestellten Milchflaschen. Mehrere Kinder sind um diese Morgenstunde schon am Spielen – führen stolz ihre Korkenpistolen vor und lassen ihre Krankenschwesterntrachten flattern, die kleinen Racker! An einigen Stellen ist der Schnee bereits geschmolzen, doch noch immer ist es eine Szene, die jeder Weihnachtskarte gut anstünde. Sachte schließt sich eine Tür, und entschlossen strebt, das Meßbuch fest unter den Arm geklemmt und die Strickmütze über die Ohren gezogen, die erste Kirchgängerin die Straßen entlang. Durch ein Wolkenloch dringt das Geläut einer Kirchenglocke. Der innig geliebte Pfarrer der Gemeinde, Vater Bernard McIvor, ist bestimmt schon in der Sakristei beschäftigt. Angetan mit dem gestärkten Ornat, der, wie schlecht unterrichtete Psychiater später behaupten werden, mit daran schuld ist, daß sich sein Sohn zur luftigen, duftigen Kleidung des anderen Geschlechts hingezogen fühlt.

In vieler Hinsicht hatte Weihnachten für ihn jeden Sinn verloren. Er erinnerte sich, wie er früher, als junger Kurat, die Gemeinde in Bann geschlagen hatte mit Geschichten von längst vergangenen Julfesten und der besonderen Bedeutung, die die Festtage für die Christen in aller Welt hätten. Wie den Weihnachtspudding mit einem Stechpalmenzweig, so krönte er seine Predigt mit der wahrhaft eindrucksvollen Wiedergabe von *The Holy City* oder *O Holy Night,* für die er in der ganzen Grafschaft berühmt war. Oder früher mal gewesen war. Leider waren diese Zeiten längst vorbei. Wenn er gefragt wurde, weshalb er in der Kirche am Weihnachtsmorgen nicht mehr sang, schien sein Blick sich zu umfloren, und er betrachtete den Fragesteller mit einem Ausdruck der Verwunderung, geradeso, als kenne auch er nicht den Grund. Was natürlich nicht stimmte, denn wie viele seiner Gemeindemitglieder wußten, auch wenn sie es in der Öffentlichkeit nur selten aussprachen, hatte das, was man Vater Bernards Veränderung nennen könnte, seine Ursache in einem einzigen Vormittag des Jahres 1955 und sonst nichts – jenem Vormittag, an dem er seinen erregbaren Piephahn in die Scheide einer Frau einführte, die so schön war, daß sie aussah wie der bekannte Filmstar Mitzi Gaynor. Und dann sorgte er, um einen fürchterlichen Skandal zu vermeiden, dafür, daß sie nach London ging. »Meine Güte! Was ist nur mit Vater Bernard los«, fragten sich seine Gemeindemitglieder und fügten hinzu: »Er ist ja gar nicht wiederzuerkennen.«

Natürlich wäre es schön gewesen, wenn er irgendwann in den folgenden Jahren – besonders zu Weihnachten – mit einem kleinen Geschenk für seinen Sohn im Haus der Bradens angerückt wäre. Was er natürlich nicht tat, und deshalb bestanden die weihnachtlichen Festivitäten in diesem Haushalt aus einem Teller Rosenkohl, einem Winzling von Puter und Gott weiß wie vielen entmenschten Bälgern, die wie die wilden Tiere knurrend darüber herfielen. Und natürlich aus »Mami«, die in der Ecke saß, Players paffte und schrie: »Hört auf, euch zu zanken, verdammt noch mal!« und »Hört endlich auf, an dem Puter seinen Arsch rumzuzerren!« Derweil fuhr Santa mit bimmelnden Schlittenglocken zum Nordpol zurück. Was? Im Fernsehen? Ihr habt sie wohl nicht mehr alle! Schnurres Braden konnte sich doch keinen Fernseher leisten! Schließlich mußte sie Kippen und Flaschenbier kaufen! Wenn überhaupt etwas bimmelte, dann in dem zerbeulten alten Radio auf dem Kaminsims, über der strahlenden Phalanx unserer nach Pisse stinkenden Unterhosen.

Trotzdem – »Ende gut, alles gut«, und weil sie endlich richtig betrunken ist, beschließt sie, das einzige vorhandene Knallbonbon krachen zu lassen. Triumphierend kramt sie es aus ihrer Handtasche hervor und brüllt: »Los, kommt her und laßt das vermaledeite Knallbonbon krachen, damit wir dieses vermaledeite Weihnachten endlich hinter uns bringen!« Glückliche Familie, die wir sind, wie ein Schnappschuß aus der Vergangenheit, umdrängen wir sie mit glänzenden Augen, eins wie's andere ein fröhlicher Bankert – der kleine Tony, Hughie, Peter, Josie, Caroline und der rotznasige kleine Balg. Für ihre prächtige Vorführung häuslicher Harmonie sei ihnen allen hiermit einstimmig der allirische PATRICK-BRADEN-INTAKTE-FAMILIE-DES-JAHRHUNDERTS-PREIS verliehen! Dir, Haarige Ma, und all deinen kleinen Kluntenschrätzchen herzlichen Glückwunsch!

Zweites Kapitel
Patrick Braden, 13 Jahre – Der Ärger fängt richtig an

Glupschauge Egan, Englischlehrer und kommissarischer Schulleiter, war nahe dran, den Verstand zu verlieren, als er im Zimmer der Klasse 2a, St. Martin's Secondary School, Tyreelin, auf und ab schritt, mit seinem wettergegerbten Handrücken immer wieder auf das Papierbündel schlug und seinen bedröppelten Schüler abkanzelte. »Wie kannst du es wagen?« krächzte er fassungslos. »Wie kannst du es wagen, eine solche Arbeit abzugeben, Braden? Als ich gesagt habe, daß es schön wäre, wenn du deine literarischen Fähigkeiten weiterentwickeln würdest, habe ich damit nicht – ich wiederhole: nicht! (und hier überschlug sich seine Krächzstimme) – so etwas gemeint!«

Dummerweise hatte ich ein für allemal die Wahrheit über meine geistliche Herkunft erfahren, inzwischen war ich davon richtig besessen. Daher die gleichbleibend anschaulichen Überschriften der Aufsätze, die ich abgab, zum Beispiel: »Vater Stengel steckt ihn rein« und »Vater Bernard vögelt wieder!«

So konnte es natürlich nicht ausbleiben, daß Glupschauge, der Arme, eines Tages die Haarige Ma besuchte. Schließlich war es seine Pflicht, und ich könnte mir denken, daß ihre Erfüllung den armen Mann schier ins Grab gebracht hat. »Verstehen Sie, Mrs. Braden«, war alles, was ich hörte, als er auf seinem Stuhl hin und her rutschte, »ich muß etwas unternehmen... Das ist ein Affront gegen unsere Autorität und Rufmord an...«

Beinahe hätte ich gequiekst: »Papi!«

Tat ich aber nicht – sondern hielt äußerst wirkungsvoll

den Mund bis zum Ende, als Glupschauge sagte: »Du wirst es nie wieder tun, Patrick, nicht wahr? Du wirst dich bemühen, mit deinem unsozialen Verhalten Schluß zu machen? Du wirst versuchen, dich anzupassen, nicht wahr?« Darauf ich: »Oh nein, Glupsch. Ich habe nicht die leiseste Absicht, damit Schluß zu machen oder mich anzupassen.«

Ihn so zu nennen war wirklich unverschämt von mir. »Glupsch«, meine ich. Wo er doch mein Lehrer war und ich ihn gut leiden konnte und mehr Respekt hätte zeigen müssen. Eine Einschätzung, der sich die Haarige Ma hastig anschloß, denn aus heiterem Himmel verpaßte sie mir mit ihren Wurstfingern eine schallende Ohrfeige und keifte: »So redet man nicht mit seinem Schulmeister! – Er ist ein Hundsfott! Von dem Moment an, da ich ihn von der Straße geholt habe, Mr. Egan, ein Hundsfott!«

Verständlicherweise wollte Glupsch sich nicht weiter darauf einlassen, denn inzwischen war er schon so durchgedreht, daß er, denke ich, nur noch ins Tyreelin Arms wetzen und sich ein paar Dutzend Whiskey genehmigen wollte.

Drittes Kapitel
In flagranti:
13. September 1968, 19.03 Uhr

Ich war mir vollkommen sicher, versteht ihr, daß ich nichts zu befürchten hatte, wirklich, schließlich hatte ich mein Ohr mindestens fünf Minuten an die Schlafzimmertür gedrückt und sie endlich kreischen hören: »Hallo, Patrick! Patrick – huhu! Sitzt du da oben über deinen Büchern? Caroline und ich gehen jetzt zum Danksagungsgottesdienst!« Dann marschierten sie die Diele entlang und machten die Haustür hinter sich zu. »Die sind mindestens 'ne Stunde weg!« rief ich, von köstlicher Erregung erfaßt. Nichts da! Kaum zwanzig Minuten später waren die zwei schon wieder da, kramten in der Küche herum auf der Suche nach einem Gebetbuch oder was immer sie vergessen hatten. Natürlich kriegte ich davon nichts mit, weil ich viel zu sehr damit beschäftigt war, mich mit Schnurres' Lippenstift anzumalen (ob ihr's glaubt oder nicht, Cutex Korallenrot!), dem Spiegel »Hallo, Patricia!« zuzuflöten und so zu tun, als würde ich mit Efrem Zimbalist jr. tanzen!

Den ich natürlich kaum kannte, außer, daß ich ihn ein- oder zweimal in *Modern Screen* gesehen hatte und mir sein Anblick gefiel – außerdem fand ich den Namen voll original! Und sagte hocherfreut: »Oh ja!«, als er mit rauher Stimme stöhnte: »Ein Tänzchen gefällig, süße Patricia?«

Als wir im Takt zu meinem Lieblingssong *Son of a Preacher Man* – was denn sonst, ihr Lieben? – herumwirbelten und Efrem säuselte: *»The only one who could ever teach me was the…«* – genau in dem Moment wurde die Tür aufgerissen (die mußten gehört haben, wie ich mitträllerte!), und wer steht da? Niemand anders als Caroline, die jammert: »Mein Kleid! Der hat mein Lieblingskleid an!« und ’ne ganz schöne Show abzieht, ich muß schon sagen (Achtung, Efrem! Wir haben’s hier mit einer Oscar-reifen Vorstellung zu tun!), und Schnurres packt mich, fängt an zu keifen und mich, ob ihr’s glaubt oder nicht, zu verprügeln, und sagt, jetzt reicht’s aber, jetzt ist endgültig Schluß – und dann bricht sie doch, könnt ihr euch das vorstellen?, hemmungslos in Tränen aus!

Viertes Kapitel
Mrs. O'Hares Unterwäsche

Eine Situation, die, wie ich zugeben muß – und ich bin überhaupt nicht stolz darauf –, nicht dadurch besser wurde, daß ich versprach, es nie wieder zu tun, weil das Carolines Sachen waren und ich kein Recht hatte, sie anzuziehen, mich jedoch ein paar Tage später hinausschlich und Mrs. O'Hares Unterwäsche von der Wäscheleine stibitzte, und zwar weil ich mit Lorne Greene aus *Bonanza* tanzen wollte! Fragt mich nicht, weshalb ausgerechnet mit dem, ob's sein elegantes graumeliertes Haar war oder was, ich weiß es nicht – ich weiß nur, daß jemand mich gesehen hatte, wie ich über den Zaun in ihren Garten kletterte, und im nächsten Moment steht O'Hare in der Küche, schüttelt die Fäuste und droht mit der Polizei. Natürlich war das dumm von mir – ich meine, ihr könnt euch vorstellen, wie ich in diesen riesigen Monstrositäten ausgesehen habe! (O'Hare war ein Koloß!) Aber ich war so frustriert – brannte so sehr darauf, mit Efrem zu tanzen, daß ich einfach an nichts anderes denken konnte!

Natürlich dauerte es nicht lange, bis die ganze Stadt Bescheid wußte, und wenn ich die Straße entlangging, hieß es: »Uh! Ein ganz Ausgekochter!« und »Was für ein niedliches Kerlchen!« Es war sinnlos, denen zu erklären, daß ich überhaupt kein Interesse an Sex hatte und nur wollte, daß Lorne oder Efrem zu mir sagten: Siehst du die Ranch? Gehört alles dir! Über die Tür kommt dein Name, Patrick! Von jetzt an gehört alles dir!

So manche Nacht lag ich da und sann darüber nach, und dann sah ich – fragt mich bloß nicht, warum! – Caroline und Schnurres patschnaß draußen im Regen stehen, und sie fragten: »Können wir reinkommen?«

Woraufhin ich ein bißchen kicherte, sie betrachtete, die Achseln zuckte und antwortete: »Tut mir leid, Leute! Leider geschlossen!«

Ach, die arme, alte Schnurres! Was hat sie sich da grün und gelb geärgert!

Fünftes Kapitel
Willkommen bei der Jukebox-Jury!

Gewisse andere Leute hingegen wurden sofort in meine gemütliche Behausung eingelassen, kamen hereingestapft und staunten: »Junge, Junge, Braden! Was für eine Bude!«, und ich rief aus: »Hallo, ihr Süßen! Willkommen in meiner Burg, Irwin Kerr und Charlie, liebe Freunde!« und dachte mir immer mehr vornehmen Unsinn aus, bei dem sie mitmachen konnten – und warum? Weil wir nun mal so redeten, hatten wir schon immer. Solange ich zurückdenken konnte, waren sie in der Hundehüttensiedlung vorbeigekommen und hatten Schnurres zur Weißglut gebracht mit ihrer Frage, ob ich zum Spielen rauskomme – Cowboys und Soldaten. Irwin lernte ich kennen, als er um seinen Bruder trauerte, der im Kongo von Balubas verspeist worden war. Tränenüberströmt kam er über den Platz gerannt und wimmerte: »Die Hunde! Die verdammten Sauhunde!« und sagte, jeder von denen müsse sterben. Nur, daß sein Bruder drei Tage später aus Afrika zurückkam und jedem in der Straße einen Elefanten aus Ebenholz mitbrachte. Genauso sorglos wie an dem Tag, als er mit seinem Seesack losgezogen war. »Er war in einer Schlacht, aber…« sagte Irwin, als wir tags darauf zu unserer Hütte, dem Hauptquartier der berühmten Kane Gang, trabten. »Auch wenn ich ein Mädchen bin, das Kommando führe ich«, sagte Charlie. »Sonst könnt ihr die Sache gleich vergessen.«

Irwin und mir war's schnurz, wer Anführer war. Wir wollten bloß ihre Comics lesen und uns die Scheiben anhören, die sie auf ihrem batteriebetriebenen Plattenspieler abspielte; den hatte ihre Schwester aus England mitgebracht. Wir saßen auf dem Gras, schnippten mit den

Fingern und riefen: »Klasse! Spitze! Einsame Spitze, Baby!«

So fing die Geschichte mit den internationalen Modenschauen an. Charlie schleppte die Kleider ihrer Mutter an und führte Modeeinkäufern und Popstar-Managern aus aller Welt die prachtvollen Kreationen vor. »Was halten Sie hiervon?« fragte sie, und ich zog die Stirn in Falten, faßte mir ans Kinn und äußerte: *»Uh! Magnifique!«* oder: »Nein! Gefällt mir nicht!« mit dem gleichen französischen Akzent.

Ich nehme an, daß sich daraus die Shows der Jukebox-Jury entwickelten, und bald gab es jeden Tag eine. Sobald die Schule vorbei war, rasten wir zur Hütte hinaus, zogen unsere Klamotten an, und Charlie verschwand hinter dem Brett, die der Jukebox-Jury als Theke diente, und verkündete: »Meine Damen und Herren! Herzlich willkommen bei der Jukebox-Jury!«

Anfangs sang sie manchmal auch was, nach einer Weile aber übernahm ich den größten Teil des Programms, weil Irwin meinte, er wäre zu schüchtern, und so stand ich da und trötete: *»You know you make me wanna shout!«* oder *»Stop! In the name of love!«* von den *Supremes,* und Charlie hielt ihre Karten hoch und rief wie die Frau in der Glotze: »Fünf Punkte!« Und Irwin schrie: »Ist doch alles Mist! Nix als Bockmist! Guck dir den blöden Braden an, aufgetakelt wie die Weiber!«

Was ich, ehrlich gesagt, nur selten war – allerdings nicht, weil es mich nicht danach verlangt hätte! Meistens begnügte ich mich mit einer Perlenkette oder einer Bluse von Charlies Mutter. Trotzdem – besser als nichts! Und manchmal brachte Charlie einen Zerstäuber mit, mit dem sie in der Hütte Parfüm versprühte, das hat vielleicht geduftet! »Es geht doch nichts über Parfüm, wenn du Kummer und Sorgen vertreiben willst!« sagte ich und drehte eine Pirouette. »Wenn das nicht aufhört«, sagte Irwin, »kann mich die Gang mal!« Aber Charlie sagte: »Ach, halt die Klappe!« Das tat er auch, schlurfte davon und zeigte ihr den Stinkefinger.

Jedenfalls fingen wir kurz danach mit dem Kriegspielen an, und da war Charlie glücklich. Über das Parfüm und die internationalen Modenschauen verlor er kein Wort, solange wir versprachen, auch weiter Krieg zu spielen. Wogegen ich nicht das geringste einzuwenden hatte, vor allem wenn Charlie ihre Hacken zusammenschlug und brüllte: »Kompaniiieee, stillestan'n!« Darauf war ich ganz wild, und zwar aus einem einfachen Grund – weil sie der Boß war! Und so marschierten wir hinter ihr her, und Irwin suchte überall nach britischen Soldaten, die er umbringen und anbrüllen könnte: »Stirb, du Hund!«, wenn er ihnen das Bajonett in den Nacken stieß.

Das Ganze hatte damit begonnen, daß 1966 der fünfzigste Jahrestag des Osteraufstands von 1916 war, und überall in Tyreelin schwenkte jemand eine irische Trikolore oder sang eine irische Ballade. Jeden Tag kam ein anderer Politiker in die Stadt, und abends im Pub redeten alle davon, daß sie auf einen Lastwagen klettern und über die Grenze fahren wollten, um den Norden zu erobern.

Um die Wahrheit zu sagen, eigentlich haben wir uns aus dem Kriegspielen nicht viel gemacht. Aber Irwin – der war ganz außer Rand und Band! Er hat sogar angefangen, in der Stadt seinen Rebellenhut à la James Connolly zu tragen und als Drill allein über die Felder zu marschieren. Damit er zufrieden war, behaupteten wir immer, Krieg sei was ganz Herrliches, und dann rannten wir zurück zur Hütte, legten die Beatles auf und rasteten völlig aus, schnippten mit den Fingern, hopsten zwischen den Schafen umher und sangen: *»Try to see it my* *way! Do I have to keep on talking till I can't go on! We can work it out! We can work it out!«,* bis wir nicht mehr konnten und uns hinlegten, Händchen hielten und zum Himmel hinaufstarrten. Und so machten wir's immer und hatten nicht die leiseste Absicht, damit aufzuhören, bis ans Ende unserer Schulzeit!

Sechstes Kapitel
Der beliebteste unter den Jungen

Was Charlie manchmal ganz schön schwergefallen sein muß, denn machen wir uns nichts vor, wegen der berühmten Unterwäsche und anderer Episoden, auf die ich hier nicht näher eingehen will, wurde es im Lauf der Zeit immer klarer, daß ich nicht gerade »der beliebteste unter den Jungen« der Stadt werden würde! Nicht, daß es Charlie was auszumachen schien! »Ach, ist doch egal, Braden!« sagte sie. »Je schneller sie die Klitsche in die Luft sprengen, desto besser!«

Etwas, das gar nicht so lange auf sich warten zu lassen schien, jetzt, wo wir ein bißchen älter waren und angefangen hatten, von solchen Dingen Notiz zu nehmen, denn jedesmal, wenn man Zeitung las, war wieder jemand erschossen oder zum Krüppel gemacht worden. Für mich war das natürlich nicht wichtig, denn wie ich zu Charlie sagte, sehr viel länger wollte ich hier sowieso nicht rumhängen. »Da hast du verdammt recht«, sagte sie. »Und wenn ich meine Prüfung hinter mir habe, verdufte ich auch!«

Charlie machte gerade ihre Zwischenprüfung, und ich war im letzten Schuljahr in der Sankt-Fickfack-Schule für Taugenichtse. Sie und Irwin waren die einzigen, die mir irgendwie wichtig waren. »Bei dir ist ja wohl 'ne Schraube locker!« sagte Irwin. »In Läden einzubrechen, um Schminke zu klauen! Du bist doch ein Blödmann, Braden!«

»Na so was«, sagte ich. »Bestimmt kommen bald deine Freunde von der Provisorischen IRA und zeigen mir, wo's lang geht.«

»Zerbrich dir wegen der Provos nicht den Kopf!« sagte er. »Die Provisorische IRA hat Besseres zu tun, als sich mit unehelichen Schmachtlappen wie dir zu befassen, Braden!«

Siebentes Kapitel
Ein richtiger Soldat und die Abgabe eines Kunstwerks

Wie Irwin es hingekriegt hatte, daß er sich wie ein richtiger Soldat vorkam, muß als eines der großen ungelösten Rätsel unserer Epoche eingestuft werden, denn der dumme, kleine Hornochse hätte keine Krähe erschießen können! Aber jetzt gab es für ihn natürlich kein Halten mehr, wo man doch das Jahr 1971 schrieb und in Nordirland so richtig die Bombe hochgegangen war; es war seine verdammte Pflicht und Schuldigkeit und seine Chance, endlich ein richtiger Soldat zu werden und mit dem Ruf: »Ich scheiß auf jeden, der mir in die Quere kommt!« zu den Waffen zu greifen. Wenn er erst mal loslegte, war er zum Piepen!

Ich war natürlich viel zu sehr mit meiner eigenen Revolution beschäftigt, um mich mit solchen Trivialitäten abzugeben. Wie mein lieber Vater bald herausfinden sollte, als ich beschloß, vom schönen Tyreelin ein für allemal Abschied zu nehmen, und in seinem Briefkasten einen meiner jüngsten Aufsätze, sorgfältig komponiert (und zweifellos ziemlich zwanghaft!), hinterließ.

Achtes Kapitel
Das Frühstück steht bereit

»Ah, Gott segne uns, du bist's!« bemerkte der geile alte Bock, Vater Bernard, eines schönen regenfeuchten Tages im Februar, als er dem jungen Mädchen, das vor seinem Pfarrhaus stand und eine verblüffende Ähnlichkeit mit einem äußerst berühmten Filmstar hatte, die Tür öffnete. »In der Tat«, erwiderte das Mädchen. Weil sie gekommen war, um für den Gemeindepfarrer des Orts zu arbeiten, dessen Schwengel, wie sie wußte, sich bei der geringsten Ermunterung nur allzu begierig regen und zu Dummheiten aufgelegt sein würde, hatte sie sich alle Mühe gegeben, Vorsichtsmaßnahmen getroffen und sich getarnt – mit dem Ergebnis, daß sie wie irgendeine alte Haushälterin irgendeines Priesters wirkte, die man mit ihrem Einkaufskorb die Straße entlangschlappen oder einen Teller Eier mit Speck zu ihrem Arbeitgeber hinübertragen sah. Jedenfalls ganz und gar nicht wie die parfümbesprühte Erscheinung namens Mitzi Gaynor mit einem Schopf voll herrlicher Krussellocken, bei deren Anblick sich das Geschlechtsteil eines jeden Mannes – dong! – ganz von selbst aufrichten würde, ganz zu schweigen von dem eines armen, einsamen Geistlichen!

Trotz ihrer mangelnden Erfahrung sah die neue Angestellte unseres Gottesmannes der Stellung, die sie antreten sollte, ziemlich gelassen entgegen. Ihre Lage war weniger schwierig, als man hätte annehmen können, weil man damals, geradeso als gäbe es irgendwo einen bei der Kirche angestellten Quartiermeister, bei dem man eine Standarduniform beantragen konnte, keinerlei Schwierigkeiten hatte, sich einen verwaschenen blaßblauen

Hauskittel mit Ringlaschenreißverschluß[1], ein Paar gelbbraune Strümpfe (als hätte man einen Teebeutel an die zwanzig Jahre lang in der Tasse gelassen) und ein altes Haarnetz zu beschaffen, das, wenn man die Haare darunterstopfte, wie eine Handvoll unordentlicher Kaninchenköttel aussah. Das alles diente einem einzigen Zweck – den Schwänzen all derer, deren Pflicht es war, das Knie zu beugen und schwarze Serge zu tragen, klarzumachen: »Heute keine Pimmel! Fort mit euch und sprecht eure Gebete, denn auf so 'ne Mädchen steht kein kleiner Mann!« So gefühllos sich das anhören mag, aber den kleinen Steppke in diese speckbrutzelnden Damen einzuführen – also, das war einfach nicht angesagt! Das würdet ihr nicht hinkriegen, ihr Lieben! »Rein mit dir!« ruft ihr eurem Petermann zu, aber ich frage euch – schafft ihr's wirklich?

Wir wollen uns für einen Moment dem melancholischen Laut zuwenden, der oft in entscheidenden Momenten in Zeichentrickfilmen zu hören ist: Alle Anstrengungen Toms, des jammervollen Katers, führen trotz harter Arbeit und ganzen Sturzbächen von Schweiß zu nichts – doch, zu etwas schon, da ist er ja, sein Leib vom Scheitel bis zur Sohle zusammengepreßt, drangsaliert, seine ramponierte Seele völlig aufgelöst, und gerade als er glaubt, daß ihm kein weiteres Mißgeschick mehr widerfahren kann, findet er sich plötzlich unter einem großen Amboß wieder, der in mörderischem Tempo auf ihn herniederstürzt, um seinen armen, verwirrten Kopf plattzudrücken. Was ist das für ein Laut, den wir da vernehmen? Der genau zu dem Abschlaffen des Schwengels paßt, das Geistlichen mit Haushälterinnen landauf, landab so vertraut ist? Drei ächzende Töne, auf einem Cello

1 Dem meinen nicht ganz unähnlich!

gespielt – uuaah, uuaah, uuaah! – und Herr Krabbe, unser Pimmelmännchen, macht flupsch!

Hätte man jedenfalls meinen sollen! Doch was, wenn das nicht geschieht und in der schwarzen Hose ein Aufruhr losbricht? Nein! Das kann doch nicht wahr sein! Burzel ist listig, Burzel ist dreist, aber knittrige alte Hauskittel, Schlurfpantinen und Strümpfe wie abgestandenener Tee müßten doch dafür sorgen, daß er sich benimmt und hübsch dort bleibt, wo er hingehört!

Genau das denkt sich auch unser Held. Und denkt es auch während des Frühstücks noch, das er voller Hochgenuß verzehrt. Nur zuweilen hält er inne und bemerkt gönnerhaft: »Gott, das sind ja wirklich großartige Würstchen!« und »Für noch so 'ne gebratene Scheibe Brot würde ich ins Gefängnis gehen!« Und denkt die ganze Zeit, welch ein Glück er hat, für die indisponierte Mrs. McGlynn so kurzfristig einen so ausgezeichneten Ersatz gefunden zu haben. »Ah, Mrs. McGlynn«, sagt Vater Ben. »Gott schütze sie! Ist vor dem Tor von Pat McCrudden ausgerutscht und hingeschlagen!« Dabei spießt er, zufrieden in sich hineinlächelnd, mit der Gabel eine Scheibe knusprigen Frühstücksspecks auf.

Natürlich ist seine neue Haushälterin vor Freude ganz außer sich! Wie denn auch nicht? Schließlich kann sie sich von dem Zusatzverdienst nicht nur die neueste Platte von Perry Como kaufen, sondern vielleicht auch – falls Mrs. McGlynn (»Gott verzeihe mir!« flüstert sie leise) lange genug krank ist – die LP mit der kompletten Filmmusik von *South Pacific!* Ihr könnt euch kaum vorstellen, daß in der gewöhnlichen, unauffälligen Pfarrei eines kleinen irischen Dorfes, von dem noch nie jemand gehört hat, die Sonne aufgeht und der Gesang der Engel die Luft erfüllt, wenn jemand an etwas so Unbedeutendes denkt, doch in diesem Augenblick wäre es beinahe passiert: An ihrem ersten Vormittag in Vater Bernard McIvors Küche wedelte seine neue Haushälterin mit den Armen und sah sich, einen Strohhut auf dem Kopf, über den Sandstrand hüpfen, und Rosanno Brazzi ruft hinter ihr her: »Warte auf mich! Nun warte doch auf mich, du dummes Gör!«

Was geschehen wäre, wenn sie sich nicht, um Vater Bernard noch ein paar Speckscheiben zu servieren, vornübergebeugt hätte – wobei ihr Hauskittel und ihr Rock ein wenig hochrutschten, nicht viel, aber doch ausreichend –, wird für immer reine Spekulation bleiben. War sie sich der rasanten Entwicklungen bewußt, die dieses kleine Versehen ihrerseits auslöste – daß im körnigen Sonnenlicht das Strumpfband eines weißen Hüfthalters schimmerte? Aber natürlich war sie's! Weswegen sie äußerte: »Hoppla! Mein Rock und mein Hauskittel sind hochgerutscht! Lieber brechen wir diese Tätigkeit sofort ab, sonst explodiert uns noch unser Geistlicher, der dank Gott weiß wie vielen Jahren der Enthaltsamkeit die Luft mit aufgestauter sexueller Energie erfüllt!«

Oh ja – natürlich sagte sie das! Ich meine – was erwartet ihr denn? Zuckende Glieder und salzige Schweißtropfen, die einem übers Gesicht laufen – daran mußte sie genauso oft denken wie Vater Bernard! Also, nun entschuldigen Sie mal, Vater Bernard, bringen Sie mich nicht zum Lachen – bitte bringen Sie mich bloß nicht zum Lachen, wissen Sie! Denn an so was denkt sie überhaupt nicht. So was sagt sie auch nicht. Sie sagt es nicht, weil es ihr nicht in den Sinn kommt. Verdammt noch mal, es kommt ihr nicht in den Sinn, begreifen Sie?

Daß Rosanno sagt: »Liebling?« und sie auf den Mund küßt? Selbstredend! Daß Frank Sinatra in einem Nachtklub den Hut schräg in die Stirn schiebt und für sie allein singt? Ja! Und abertausendmal ja! Aber zitternde, blaugeäderte Stengel – so ein-dring-lich, so wutentbrannt?

Das glaube ich nun wirklich nicht, Vater! Verflixt und zugenäht, das glaube ich einfach nicht!

Für Vater Stengel – wie er von jetzt an heißen wird – waren derlei Überlegungen natürlich ohne jeden praktischen Nutzwert. Woran Herr Pimmel ihn in seiner Wut nunmehr erinnerte. Tick-tick, macht die Zeitbombe im Wohnzimmer. »Uh!« ruft er, der olle Pimmel-Pammel. »Nun schaut euch das an! Ein Stück milchweißen Schenkel sieht man an diesem Ort, den wir Pfarrhaus nennen, nicht so oft, stimmt's, Vater? Ganz gewiß nicht! Ach, du dicker Vater! Wenn das keine Überraschung ist!«

Was es unbestreitbar war. Aber nicht – rein gar nicht – im Vergleich zu der Überraschung, die die fröhlich summende Hilfe im Hauskittel erlebte, als sie aus den Augenwinkeln heraus etwas durch die Luft sausen sah, das sie für einen fliegenden Mann hielt (Sondermeldung! Allerneuestes Wunder: Einem Priester wachsen Flügel!). Sie wollte schon gickeln: »Menschenskind, Vater! Wie haben Sie denn das hingekriegt?«, als sie sich wie ein Fallschirmspringer, der gerade einen der katastrophalsten Absprünge in der Geschichte der Luftfahrt hinter sich gebracht hat, in ihren Röcken verfing. Zuerst war sie sich hundertprozentig sicher, daß es ein Scherzartikel war (wenn auch zugegebenermaßen ein etwas gewagterer und ausgefallenerer, als man ihn aus Vater Bens Laden erwartet hätte. Der gab sich in der Regel mit Schoten wie *»Peanuts bei der Beichte«* zufrieden, in denen der Beichtvater den bußfertigen Knaben fragt: »Und hast auch du Peanuts in den Fluß geworfen?«, nur um die umwerfend komische Antwort zu erhalten: »Nein, Vater, ich bin Peanuts!« Es war eine seiner Lieblingsgeschichten, und er ließ, wenn er und seine Kollegen sich bei Konferenzen und dergleichen enstpannten, kaum eine Gelegenheit aus, sie zu erzählen). Aber trotzdem – sie hielt das Ganze für einen Scherz! Deswegen rief sie auch: »Aber, aber, Vater!«, »Huch!« und »Hoppla! Das hat aber weh getan!«, bis sie mit einemmal aufschrie: »Autsch! Das zerreißt mich noch ganz!« und an ihr so viel plieriges Zeug klebte, daß sie glaubte, Vater Ben treibe mal wieder seine Spielchen – vielleicht spritzte er Spüli aus der Flasche, wie sie es die Kinder oft hatte tun sehen. Erst als er hinter einer Hallowe'en-Maske durchs Zimmer taumelte, war sie richtig durcheinander und dachte: »Aber es ist doch gar nicht Hallowe'en!« Wie lange es dauerte, bis sie begriff, daß sie gerade das wahre Gesicht ihres Arbeitgebers vor sich gehabt hatte und keine käsebleiche ägyptische Pappmaché-Mumie, weiß keiner; aber schließlich merkte sie es doch und merkte auch, daß das Spüli – gar kein Spüli war! Und das Ding da, dieses rot leuchtende Ding mit dem bösen Auge – was war denn das?

Damals hatten die Mädchen nämlich keine Erfahrung mit Jungs und ihren kleinen elektrischen Dödelflöten! Ehrlich gesagt, glaube ich, die wußten nicht einmal, daß die überhaupt so was hatten. Was einem Jungen da so zwischen den Beinen hing, war in ihren Augen das kleine schneckenähnliche Hänschen, das ihre Brüder hatten. Kein unersättlicher, unvernünftiger Baumstamm von einem Ding, der einen an die unlogische Version eines Schlagers erinnerte, den man immer im Radio hörte, nur daß er statt des richtigen Texts jetzt so ging:

It was a one-eyed, one-horned flying purple weenie-poker
One-eyed, one-horned flying purple weenie-poker!

Und der gab offensichtlich keine Ruhe zurück, bevor er sie nicht mit klebrigen Stößen zuschanden gemacht und so gut wie entzweigerissen hatte! Wie sie da so auf dem Tisch lag und sich auf dem Gewebe ihres Hauskittels ein kleiner feuchter Fleck bildete, konnte sie nur denken: »So was würde Rosanno nie tun!« und »Vic Damone auch nicht!« (Den liebte sie ebenfalls!)

Und so brach sie denn in Tränen aus – ist das etwa verwunderlich? Als hätte man sie mit einem Wurfgeschütz in die Weiten des Weltraums geschleudert!

Weißt du, liebster Papa, der mich aus dem Nichts gezeugt – aber das merkwürdigerweise vergessen hat! –, daß einst ein Song gesungen wurde, der von alledem berichtete, der das Vogelgezwitscher des Tages übertönte, als wir wieder einmal engumschlungen unterm Himmel lagen, ein Mädchen namens Charlie Kane und ich? *»Go anywhere«,* sangen wir, Papi:

Go anywhere without leaving your chair
And let your thoughts run free
Living within all the dreams you can spin
There is so much to see
We'll visit the stars
And journey to Mars
Finding our breakfast on Pluto!

Ein wunderbarer Song, nicht wahr, Vater? Man könnte ein Löwenzahnsame sein, der mit der Welt dahinschwebt, wenn man so einen Song hört.

Glaubst du, daß sie das war und da draußen ganz allein vor sich hin lachte, Papi? Ein Löwenzahnsame in einem fröhlichen Song aus der Kindheit?

Nein, du hast recht, Papi – sie war's nicht.

Und alles nur deinetwegen! Alles nur wegen des unanständigen Papas, der nie von seinem Stuhl aufstehen und sich auf seine unanständige Wanderschaft hätte begeben dürfen! Stimmt's, Papi? Wenn du darüber nachdenkst, findest du nicht, daß das stimmt – Vater-des-Jahres?

Neuntes Kapitel
Meine Damen und Herren - Mr. Schnullermann!

Ich weiß, es ist nicht nett – und vielleicht nicht einmal gesund! –, daß ich unbedingt Papis Gesicht sehen wollte, wenn er meine kunstvollen Briefe öffnete (Jawohl! Es gab andere! Bin ein ganz schön produktiver Schreiber geworden, Glupsch!), aber ich konnte es mir einfach nicht verkneifen. Ob er mit der Haarigen Ma darüber geredet hat oder nicht, weiß ich nicht, aber nachdem ich seinen Briefkasten mit einer Reihe ätzender Sondermeldungen vollgestopft hatte (»Himmelspilot als Triebtäter!« »Hurenbock!« »Vater Benny Unholds Abenteuer!«), fand ich, daß es an der Zeit war, der Hundehüttensiedlung endgültig den Rücken zu kehren.

Ob ihr's glaubt oder nicht, kaum hatte ich gesagt: »Ich haue ab!«, warfen sich Caroline und Schnurres auf mich, zerrten an meiner Jacke und riefen: »Das geht nicht! Das geht nicht!« Nachdem sie jahrelang gedroht hatten, mich rauszuschmeißen, gaben sie sich jetzt alle Mühe, mich umzustimmen! »Bitte, Paddy! Was willst du tun – wohin willst du gehen?« wiederholte Caroline in einer Tour, und die Haarige Ma schrie: »Laß ihn nur! Soll er sich doch zum Teufel scheren! Was kümmert's uns? Wir sind ohne ihn besser dran!« Aber dann besann sie sich eines anderen und erbot sich, freundlicher zu mir zu sein – und mir sogar Geld zu geben, wenn ich ginge! (Worauf ich natürlich sowieso ein Anrecht hatte, bei den Beträgen, die die Regierung und, wie sich herausstellte, heimlich auch der alte Vater Stengel ihr gezahlt hatten.) Wahrscheinlich war das der einzige Grund, weswegen sie mich dabehalten wollte!

Am Ende machte es ohnehin nicht den geringsten Unterschied – den Mantel über die Schultern geworfen, schlenderte ich mit meiner kleinen Tasche über die von Mücken schwirrenden Landstraßen nach Scotsfield, der nächstgelegenen Stadt, und reckte den Daumen in die Höhe, dabei war es mir herzlich gleichgültig, ob ein Auto jetzt anhielt oder in zehn Tagen! Ich war frei! *»Birds of the air – as free as you!«* zwitscherte ich und sang drauflos – einen Song von Gilbert O'Sullivan. Warum? Fragt mich nicht! In dem Augenblick hält quietsch – ich traue meinen Augen nicht! – ein Mercedes neben mir, und als die Tür aufgeht, wer sitzt da? Meine Damen und Herren, kein anderer als Seine Eminenz, der unvergleichliche Mr. Schnullermann! Mein Liebster, Typ verheirateter Politiker!

Natürlich wußte ich nicht, daß Schnurres, kaum war ich aus dem Haus, zur Polizei gerannt war, um mir die Bullen auf den Hals zu hetzen, die, wenn sie mich gefunden und gesehen hätten, was ich da trieb – daß ich dem guten alten Schnullermann auf dem Vordersitz seines Wagens schöne Augen machte –, mehr als ihren Senf dazugegeben hätten! Nicht, daß ich mich um ihren Senf geschert hätte, denn jetzt hatte meine Reise begonnen, und ich sah Schnullermann, der gierig auf seiner Unterlippe kaute, an, daß er jedenfalls keine Anzeige erstatten würde!

Das Großartige am alten Schnullermann war, daß man einfach nicht wußte, woran man mit ihm war. Das einzige, was sich mit einiger Bestimmtheit sagen ließ, war, daß der olle Dödelstock in seiner Hose zu jeder Tages- und Nachtstunde gefechtsbereit war. »Ach du liebes Lieschen, er ist schon wieder so weit!« sagte er, und dann mußte man ihn, wie er das nannte, »von seinen Leiden erlösen«! Ja, ich will ehrlich sein: nach meinem Abgangszeugnis im Bombenjahr 1971 war ich mehr als zufrieden, in der gemütlichen Wärme seines parfümierten Mercedes regulärer Reisegefährte meines neuen Wohltäters zu sein. Wie sauber es da drin war! Was mir wirklich, das muß ich zugeben, an Schnulli als erstes gefiel! Schweiß? Schale Pisse? Undenkbar! Der Inbegriff von Reinlichkeit und feinen Manieren! Ja, natürlich, ich verstehe, daß es viele gab, die seinen guten Ruf anzweifelten – er hätte Waffen für die IRA importiert und all so 'n Unfug! Aber ob das nun stimmte oder nicht, Tatsache ist, daß es mir schon damals schnurzegal war, kein einziges Mal mußte ich bei ihm nörgeln oder nisseln. Während der ganzen Zeit, als er mein Mann oder Geliebter war, nennt ihn, wie ihr wollt, habe ich nicht nie ekligen, schalen Schweiß gerochen oder zwischen seinen Zehen Schmutz entdeckt. Nanu! Nach der Hundehüttensiedlung, der Welthauptstadt des Gestanks, muß ich wohl gestorben und in den Himmel gekommen sein, dachte ich jeden Tag beim Aufwachen! Und das alles hatte ich meinem süßen Schnulli zu verdanken, diesem liebevollen Mann mit seinen tausend Wässerchen. Wie viele verschiedene Sorten Rasierwasser hat er eigentlich benutzt? Bestimmt mehr als ein Dutzend!

»Wie rieche ich?« fragte er mich immer, und ich antwortete: »Göttlich!« Oft hörte ich ihm natürlich nur mit halbem Ohr zu, war ich doch hingerissen von einem Paar Schuhe, die er mir gekauft hatte (oder soll ich sagen: die ich mir von seinem Geld gekauft hatte – denn von Frauensachen hatte er nun wirklich keinen blassen Dunst), oder zerstäubte etwas Chanel No. 5. (Versteht ihr, es war ihm egal! »Kauf, was du willst!« sagte er immer. »Scheiß drauf, was es kostet!«) Ach, er war ein Schnukkelchen, der alte Schnullermann!

Aber der Dödelstock, mit dem er herumstocherte –

das war eindeutig ein Problem. »Du mußt mich jetzt wirklich mal in Ruhe lassen, ich bin vollkommen erledigt!« versuchte ich ihm zu erklären. Leider ohne jeden Erfolg. »Mach doch noch mal Schnucki-Schnucki«, sagte er dann oder: »Wie wär's mit einem kleinen Lied für Schnulli?« Dann mußte ich auf die Knie und irgend etwas dahersäuseln – aber nicht einfach nur aus Spaß an der Freude! Oh nein! Manchmal konnte mein Schnulli so ernst sein. »Du meine süße, liebe Schöne! Was kann ich dir schenken, damit du für immer mein bist?«

Natürlich konnte ich nicht für immer und ewig sein Mädel bleiben, aber wenn er mich weiter mit Komplimenten und Bargeld überhäufte, war ich gern bereit, so lange bei ihm zu bleiben, wie – nun ja, wer weiß? Hätte ich höchstwahrscheinlich auch getan, wenn er mir nicht unter der Hand weggestorben wäre. Ich muß oft an ihn denken, wie er in die Luft gejagt wurde und sein armer, kleiner Pimmel in Zeitlupe wieder auf die Erde herabsegelte wie eine zerknautschte rosa Blume, ein Sinnbild all der toten Männer, die über den Jordan gegangen waren. Manche behaupten, es sei die IRA gewesen, andere sagen, nein, die UDA, und wieder andere meinen, die beiden Organisationen hätten zusammengearbeitet. Ich wußte es nicht und wollte es auch nicht wissen. Ich wußte nur, daß mein guter alter Schnullermann futsch war! Armer, alter Schnulli! Warum mußtest du dich auch auf die zwielichtige Welt des Doppelspiels einlassen? Du und ich, wir könnten heute noch zusammensein!

Natürlich wußte ich, daß er wegen irgendwas nervös war. Nachts nahm ich seinen Dödelstock und sagte: »Bitte, erzähl mir doch, Schatz. Erzähle mir von deinen heimlichen Sorgen.« Aber er wollte nie. Er zerdrückte eine Träne und seufzte, dann faßte er mich an und sagte: »Nein! Sonst sind sie auch noch hinter dir her!«

Es hatte mit Gewehren zu tun und mit dem Geld, das sie kosteten. Jedesmal, wenn ich daran denke, wie sie ihn Schaufel für Schaufel eingesammelt haben, ist es wie ein Stück Draht in meiner Brust. Ich liebte das Cottage, in dem er mich untergebracht hatte. Es hatte seiner Mutter gehört. »Ich vermisse sie so sehr, meine Mutter«, sagte er. »Es vergeht kein Tag, ohne daß ich an sie denke, diese großartige Frau.«

Deswegen fing ich ja auch an, ihn Schnullermann zu nennen. Natürlich war das nicht sein richtiger Name! Wer hätte je von einem Politiker gehört, der so hieß! »Nun, meine Damen und Herren! Für heute abend habe ich genug geredet! Wenn Sie gestatten, übergebe ich jetzt an den Mann der Stunde – Mr. Schnullermann!«

Sehr wahrscheinlich, was? Nein, sein richtiger Name war viel gewöhnlicher, und ich würde ihn euch ja auch verraten, aber ich habe Besseres zu tun, als mich in die Luft jagen zu lassen, danke vielmals! Außerdem ist es unwichtig. Verraten kann ich euch höchstens, wie »Schnullermann« entstanden ist. Denn ich war derjenige, der ihm diesen albernsten aller Namen verpaßt hat!

»Ach, Mami!« sagte er, als er mal wieder eine seiner Stimmungen hatte. Da kam mir die Idee, ihm meinen Daumen in den Mund zu stecken. Eine ganz spontane Geste meinerseits – aber Junge, Junge, wie hat ihm das behagt! »Ach, Mami! Mami!« rief er und nuckelte wie verrückt! Ich kann euch gar nicht sagen, wie verzückt er war, wenn ich mit den Augendeckeln klapperte und das Wort »Schnullermann« aussprach – nein, nicht einmal aussprach, sondern nur mit den Lippen formte.

Er konnte einfach nicht genug davon kriegen! Einmal wurde er so erregt, daß er mir hinterher dreihundert Pfund gab und sagte: »Hier – nimm schon! Kauf dir, was dein Herz begehrt, du freches, kleines Flittchen, du!«

Zehntes Kapitel
Dubliner Zwischenspiel

Einen Augenblick mal, Schnulli, tut mir leid, aber hier muß ich dich unterbrechen, denn du weißt ganz genau, daß ich es überhaupt nicht verknusen kann, Flittchen genannt zu werden – »Prachtmädchen«, »Leckerchen«, meinetwegen auch »kiebig« – das schon! Aber »Flittchen« – das lasse ich mir nicht bieten! Wer bin ich denn, Liebling? Ein Dubliner Fischweib in zerrissenen Nylonstrümpfen, das mit der Kippe im Maul in einem Hauseingang lehnt?

Liebster Schnulli – das nun wirklich nicht! Aber ich erleichtere dich um dreihundert brandneue Pfundnoten und sause in die Stadt, an meiner Seite Charlie Kane-Patschuli (»Wie kannst du so was tragen, Süße?«) in ihrem abgewetzten Bärenfellmantel und ihrer Wildlederhose mit Schlag und lila Einsatz, die sie auf dem Dandelion-Markt erstanden hatte.

Auf diesem Dubliner Markt verbrachten wir alle unsere Samstage. Ein indischer Stoffgürtel und Naturschuhe – ich hab's einfach aufgegeben (»Was machst du da, Charlie? Bist du von allen guten Geistern verlassen? Verschwende dein Geld doch nicht für so grauenvoll häßliche Klamotten!«). Unterdessen hatte ich (mit freundlicher Genehmigung des Finanzinstituts Schnullermann) die Arme voller Max Factor, Johnson's Säuglingsöl, Blinkers Lidschatten, Oil of Olaz, Silvikrin Alpenkräutershampoo, Eau de toilette, Feuchtigkeitscreme, Körperlotion, Reinigungsmilch, Lidschatten und Lippenstift von Yves Saint-Laurent, Noxene Hautcreme und Cover Girl Professional Mascara. Von Kleidern ganz zu schweigen! Gestrickte Tops in Weiß, Purpur, Lavendel, flammendem Orange, Veloursamthosen mit Satinstreifen, Bodies mit Schildkrötenkragen, rüschenbesetzte Röcke, gerippte Helanca-Strumpfhosen. »Verdammt noch mal, hast du denn immer noch nicht genug?« fragte Charlie, dabei kam es mir vor, als hätte ich eben erst angefangen! Ist es ein Wunder, daß sie sich nie in mich verknallt hat?

»Bitte küß ihn«, flehte ich sie, ach, so viele Male an, »meinen einäugigen, einhornigen, purpurnen, punzenpuffenden Peter«, aber sie lachte nur und sagte: »Nein! Weshalb sollte ich? Du willst doch nur das Menschenunmögliche – eine eigene Vagina!« Und was konnte ich dazu sagen? Wo sie doch recht hatte!

* * *

Am St. Stephen's Green in Dublin gibt es ein Geschäft namens Trash. Na ja, jetzt vielleicht nicht mehr! Aber im Januar 1972 schon! »O Trash! Wir lieben dich!« zirpten wir beide im Takt! Und wie sollten wir es auch nicht lieben und anhimmeln, wenn wir dort ein Schnäppchen machen konnten: ein herrlich pflaumenblauer gegürteter Pullover, der zu den Hotpants aus Pannesamt paßte! Nur daß wir sie – Schnäppchen hin, Schnäppchen her – sowieso hätten kaufen können! »Oh, ich liebe dich, Schnullermann!« rief ich, und Charlie warnte: »Pscht jetzt!« Sie sagte, ich sei inzwischen Stadtgespräch. »Du meinst doch wohl nicht, daß sie über Schnulli Bescheid wissen?« fragte ich. »Aber natürlich!« erwiderte meine Süße. »Das ganze Land weiß Bescheid – im Norden wie im Süden!« Was konnte ich da anderes sagen als: »Ach, du liebes bißchen!« Aber ihn verlassen – das hatte dieses Mädchen nicht vor! »Wir müssen dir wirklich eine Perücke kaufen!« sagte sie – und was sah ich traumhaft aus in dieser Schiaparelli (»hübsch, waschbar, schnelltrocknend, hitzebeständig« – hat ein Vermögen gekostet!). Egal, wie mein lieber Schnullermann sagte, diese wippende, schillernde Lockenpracht – wenn ich sie mit Tried and True aschbraun färbte, waren sie alles Geld in der Allied Irish Bank wert! »Liebst du mich, Schnulli?« säuselte ich, und seine Gucker erwiderten: »Ja!« »Tu doch noch mal so, als wärst du Audrey!« bat er (in Castleblaney hatten wir uns ein Doppelprogramm angeschaut – *Frühstück bei Tiffany* und *Ein Herz und eine Krone!*), und dann sagte ich mit dem schüchternsten Fächeln meiner weißbehandschuhten Hand: »Ach, Gregory!« »Puh!« sagte er, als wir fertig waren. »Eins kann ich dir sagen – bis meine Frau mal so tut, als wäre sie sie, da kann ich lange warten!« Womit er natürlich Audrey meinte!

In der darauffolgenden Woche, wen trafen wir zufällig in der Grafton Street? Keinen andern als Irwin. Den wir in letzter Zeit immer seltener gesehen hatten – jetzt, wo ich in Scotsfield wohnte und er dauernd auf Versammlungen gehen und seine republikanischen Zeitungen verkaufen mußte. »Na – wohin soll's denn gehen, Kerr?« fragten wir. »Ich bin auf einer Demo gegen die Internierungen«, sagte er. »Was? Das soll 'ne Demo sein?« fragte ich. »Was 'ne Masse Leute!« Hätte ich nicht sagen sollen, denn so was machte ihn fuchsteufelswild! »Scheiße, nicht mal hundert!« zischelte er – als wären wir persönlich dafür verantwortlich. »Dem Süden ist alles scheißegal!« »Ach, laß doch«, sagte Charlie. »Komm mit, deine Sorgen ertränken!«

Was er auch tat! Im Captain America's in derselben ollen Grafton Street tat er sich an der gigantischsten Cola mit Eis gütlich. Ich denke gern zurück an den Tag, als wir Irwin begegneten und wie immer rumquatschten. »Die einzige Band, die heute was taugt, Charlie, ist *King*

Crimson!« sagte er und ließ seine Cola blubbern. »Der ganze Glam Rock ist doch eine einzige Scheiße!« Was ich nun überhaupt nicht fand – nicht so sehr wegen der Musik als wegen der Kleider! »Soll das heißen, du magst Ziggy nicht?« fragte Charlie und schürzte die Lippen. »Du hast ja nicht alle Tassen im Schrank!«

Nach einer Weile verlor ich das Interesse und fing an, vor mich hinzuträumen. Die Jukebox spielte einen hübschen Song – *Rocket Man* von Elton John. Ganz schöne Ironie, wenn man daran dachte, was für ein Leben Irwin inzwischen führte: wie der daherredete, hörte man, daß er politisch ziemlich stark engagiert war. Die meiste Zeit kriegte ich gar nicht mit, worüber er mit Charlie quasselte. Ich verstand immer nur: »Diesmal geben wir ihnen den Rest!« oder »Wir legen die ganze Saubande um! Kapiert?« Und ich wollte schon sagen: »Um Himmels willen, Irwin! Nun mach mal halblang! Erst mal wollen wir 'n bißchen leben, überlaß die Raketen den Typen, die ihren Spaß damit haben!«

Und insgeheim dachte ich: »Mit anderen Worten denen, die nicht wissen, was für ein Vergnügen es ist, sich die Haare hübsch zu machen oder die Augen zu schminken!«

Worin ich inzwischen immer besser wurde. Selbst in Glam-Rock-Jacketts aus Satin und wenig auffälligen Jeans (igitt!), lenkte ich aller Blicke auf mich und heimste mühelos Komplimente ein wie: »Guck mal den an! Der hat ja Frauenklamotten an!«, »Menschenskinder! Nun schaut euch das an!« und andere vermischte Dummheiten. »Mit dir wird's wirklich immer schlimmer!« sagte Irwin, als ich eine Pirouette drehte und ihn fragte: »Na, magst du lieber Rosa oder Blau?«, womit ich ein weiteres Satinjackett meinte!

Nach Captain America's ließ ich mir die Haare richten, und Irwin sagte, ich sähe aus wie David Cassidy. Ich muß schon sagen, da fühlte ich mich aber gebauchpinselt! Dann ging's mit Dosenbier die Straße lang, Irwin in dem albernen Hemd mit der großen, dicken Faust, die eine Kette zerreißt: »Schluß mit den Internierungen!«

Wie es genau dazu kam, weiß ich leider bis heute nicht genau – ich weiß nur, daß ich ein bißchen beduselt war, schläfrig dahintrottete (ich fürchte, das Dosenbier), die Korkenzieherlocken befingerte, die die Friseuse geschnitten hatte, und überhaupt nicht auf die beiden achtete. Aber als ich aufblickte, sah ich, daß sie sich umarmten, und war richtig geschockt – Irwin hatte doch tatsächlich seine Zunge tief in Charlies Schlund! Für mich war es einfach ein Rätsel, wie man sich plötzlich in jemanden verlieben kann, den man schon seit Jahren kennt. Ich fürchte, man kann es.

»Nanu! Dein Gesicht, du bist ja puterrot, Soldat!« rief ich, als der Genosse wieder auftauchte. »Küßt dich dein Liebhaber auch so, Scheißschwuchtel, verrückte?« fragte er und gab mir ganz schön eins in die Rippen. »Bitte!« sagte ich und verlangte: »Komm, wir holen uns noch Bier.«

Als wir nach Hause kamen – im Bus noch weitere zehn Bier – war ich so beduselt, daß ich kaum noch meinen Namen wußte. »Paddy Pussy, Liebling!« hatte ich beschlossen, zu allen zu sagen, die mir über den Weg liefen. »Zu Diensten, Süßer! Was kann ich für dich tun, du Sauknochen?« Hatte ich nicht nur beschlossen, sondern sagte es sogar wirklich!

Und ausgerechnet zu einem britischen Soldaten! »Name, bitte?« »Na, Paddy Pussy, Süßer!«

Keine sehr gute Idee! Besonders, als wir nach Hause kamen und hörten, daß das Fallschirmjägerregiment in Derry dreizehn Demonstranten erschossen hatte. Da war ich nicht mehr so hart im Nehmen, am liebsten wäre ich im Erdboden versunken, das kann ich euch sagen!

Auf Irwin hatte das alles, wie ihr euch vorstellen könnt, die gegenteilige Wirkung. »Sachte! Immer mit der Ruhe, Irwin, verdammt noch mal!« hörte ich Charlie sagen, als ich mit den beiden auf dem dunklen Platz saß und beschämenderweise nicht an die Opfer oder ihre Verwandten dachte, sondern daran, welche von meinen phantastischen Klamotten ich zuerst anprobieren sollte!

Elftes Kapitel
Hysterische Witze und Begrüßung von Besuchern in einem himmelblauen Negligé

Wenn Schnullermann auf Arbeit war, verbrachte ich meine Zeit damit, in Illustrierten zu blättern – *Loving, True Confessions* (»Ich war eine Schlafzimmerknutsche! Mein Mann war einer Nutte hörig!«). Dann dachte ich bei mir, wenn ich irgendwie eine Vagina kriegen könnte, würde ich wenigstens zehn Kinder haben – das wußte ich genau, egal, mit wem. Ich weiß, heute würden einige Frauen sagen: »Muschi Braden! Du bist von Sinnen! Du hast ja wohl 'n Schlag weg! Weißt du denn – kannst du dir auch nur eine Sekunde lang vorstellen, was es heißt, so viele Leute zu versorgen?« Worauf ich nur mit Ja antworten könnte, und ich glaube, darin kenne ich mich wahrscheinlich besser aus als Feministinnen oder wer sonst noch solche Ansichten hat. Ihr könnt euch ausmalen, da liegt ihr nun auf euerm Sterbebett, der Krebs oder was immer frißt euch buchstäblich auf, und aus jedem Winkel der Erde kommen, per Flugzeug, Schiff und Eisenbahn, all die Kinder angereist, für die ihr euch – durch dick und dünn – krummgelegt habt, trotzen den Elementen, heben ihre Ersparnisse ab, liefern sich erbitterte Schlachten mit ihren Arbeitgebern, nur um an eurer Seite zu weilen. Und ihr liegt da mit euren glanzlosen, strähnigen Haaren, vielleicht auch ein paar schlechten Zähnen, aber eins steht euch im Gesicht geschrieben: das, was ihnen von früh auf vertraut ist, was ihnen ihr ganzes Leben hindurch Kraft verliehen hat, das, was wir Liebe nennen. Und dann flüstern sie: »Mami, du hast immer zu uns gesagt, lebt wie Hund und Katze, aber nach außen haltet zusammen! Weißt du noch, Mami?« Und ob ich es noch weiß!

Ich senke die Lider zum Zeichen, daß ich mich erinnere, und ein leises Lächeln umspielt meine Lippen. So viele sind da, mit ihren Partnern, ein jedes stolz auf Mami. »Wer wird sie an meiner Stelle lieben?« war eine Frage, die ich mir einmal gestellt hatte, als ich davon träumte, frühzeitig aus dieser Welt zu gehen. Und jetzt wußte ich die Antwort. Jeder würde meine Kinder lieben, denn sie selbst, sie wußten, was Liebe war, und erwiderten sie. Es würde traurig sein, natürlich würde es das. Aber auch Glück würde es geben, vielleicht sogar Ekstase. Wenn sie sich um mich scharen und ich ihr zärtliches Geflüster höre: »Erinnerst du dich noch an das kleine Bild über dem Kamin? Mit den hübsch verschlungenen Blumen und der Aufschrift *Chez nous?*«

Und dann würde ich zum allerletzten Male lächeln. Lächeln und flüstern, falls ich es noch könnte: »Natürlich, mein Liebling. Natürlich, ihr Hübschen, ihr Guten, meine Lieben!« Jedes von ihnen war unter Wehen meinem liebevoll gestrafften Bauch entsprungen.

Und wer würde je wagen, das zu leugnen? Zu behaupten: »Es sind gar nicht ihre! Die hat doch gar keine Vagina!«

Niemand. Und wenn sich meine Lider schlössen und die ersten Tränen ihren Weg in die Welt fänden, würde ich jedem von ihnen die Hand drücken und Lebwohl sagen, von jedem Abschied nehmen, in dem sicheren Wissen, daß Kind Nr. 1 und Kind Nr. 2, bis hin zum Kind Nr. 10, es all ihr Lebtag erhalten, es bis ans Ende empfangen hatten, dieses wundervolle Geschenk namens Liebe.

Hätte es dazu kommen können? Mit meinem lieben Schnullermann etwa? Mich dünkt, nein! Das Kaminfeuer loderte hell und heftig, und die Arme um die Knie geschlungen, legte ich meinen Kopf auf seine Schenkel und fragte mit verschleiertem Blick: »Schnulli? Wo, glaubst du, werden wir in zwanzig Jahren sein?« Aber er strich mir nur übers Haar und sagte: »Huh?«

Armer, alter Schnulli! Er hat ein wahres Hundeleben mit mir geführt, nicht wahr? Bald bin ich so schwermütig und schwerblütig wie eine Frau, entziehe mich und sage: »Ach, nimm bloß deine Pfoten weg! Du wirst es nie begreifen!«, und dann plötzlich bin ich wie benebelt – bis ans Ende aller Zeit werde ich diesen wunderbaren Mann nicht verlassen. Was nun wahr sein mochte oder auch nicht – das konnte ich wirklich nicht entscheiden –, wer weiß schon, ob nicht aus »mögen« eines Tages »lieben« wird, ob nicht mit den Jahren etwas Besonderes daraus entsteht? Und »mögen« tat ich ihn nun wirklich! Er war ein wunderbarer Gefährte, ganz egal, was für Lügenmärchen sie in den Zeitungen über ihn verbreiteten! Und ich will euch noch was sagen – ganz gleich, was die beiden durchgemacht haben oder was für schreckliche Dinge sie über mich und unsere Beziehung gesagt hat, nie habe ich ihn schlecht von seiner Frau sprechen hören. Nicht, daß ich mich, um die Wahrheit zu sagen, über ein »Alte Kuh!« oder »Eifersüchtige Ziege!« nicht ab und zu gefreut hätte, aber ob ich es nun tat oder nicht, es kam nie. »Sie hat ein großes Herz, das hat sie wirklich«, sagte er, und dafür bewunderte ich ihn.

Obwohl ich sagen muß, daß an dem Tag, als sie kam und mich vor aller Welt verleumdete, wenig dafür sprach. Nicht, daß ich sie nicht verstanden hätte! Wenn ich mit jemandem verheiratet wäre, und er würde mit einer andern durchbrennen, würde ich ihnen nicht bloß ein paar Schimpfworte nachrufen. Wenn ihr die Wahrheit wissen wollt, denen würde ich das Leben zur Hölle machen! Wo sie auch hingingen, würden sie auf mich stoßen – und zwar nicht auf die nette, gepflegte, sanftzüngige Ausgabe! Eher auf die heimtückische, fauchende, die Vettel aller Vetteln, die sich nichts dabei denken würde, ihnen die Kleider zu zerfetzen oder mit ein paar gezielten Hieben ihrer lackierten Fingernägel das Gesicht zu zerkratzen! Ihr glaubt nicht, daß ich dazu in der Lage wäre? Ich fürchte, da kennt ihr mich schlecht, zumindest wenn's um Liebe geht! Allein schon bei dem Gedanken, daß mir jemand den Menschen, den ich liebe, wegnehmen könnte, drehe ich vollkommen durch!

Weshalb ich auch nicht zu seiner Beerdigung gegangen bin. Wie konnte ich sicher sein, daß Mrs. Faircroft – oh je, jetzt habe ich euch seinen Namen ja doch verraten! na ja, wenn schon! – mich nicht erkennt und die Fassung verliert, wie es nach einem Trauerfall bei dem ganzen Streß und den Strapazen leicht passiert, und Kränkung und Schmerz über einem armen, bedauernswerten Geschöpf ausschüttet, einer Verwandten, mit der sie sich zerstritten hat oder was immer. Das hätte ich einfach nicht verkraftet, daß jeder mich anglotzt und raunt: »Haste den gesehen…« und all so 'n Quatsch, im Flüsterton wie immer.

Wie gesagt, mehr haben sie sich bei Eamon und mir nie getraut. (So! Jetzt wißt ihr endgültig Bescheid!) Um die Wahrheit zu sagen, ich glaube nicht, daß sie überhaupt dazu imstande waren, uns zu verstehen, konkret, falls ihr wißt, was ich meine – ich glaube nicht, daß sie akzeptieren könnten, daß es so was überhaupt gibt!

Deshalb hielt ich es schließlich für die beste Lösung, gar nicht erst hinzugehen. Ich hatte eine Messe für ihn lesen lassen – in seinem tiefsten Inneren war er ein sehr frommer Mann, egal, was so gemunkelt wurde von Bestechung, Mord und so. Aber ich hielt es für besser, die

Karte nicht in meinem Namen zu unterschreiben. Statt dessen schrieb ich nur: »Ein Freund.«

Ein paar Tage später haben sie abends im Mulvey's zu mir gesagt: »Weißt du, wo sie deinen Macker gefunden haben? Eine Hälfte in der Gemeinde Tyreelin, die andere in Clonboyne!« Das sollte natürlich der Witz des Jahrhunderts sein. An einem anderen Abend wollte ich gerade zur Toilette gehen, als einer von ihnen mich am Arm packte und frage: »Woher weiß man, daß Eamon Faircroft Schuppen hatte?« Ich zuckte mit den Achseln – nicht, daß es einen Unterschied gemacht hätte, denn die hysterische Antwort bekam ich so oder so: »Weil sie seinen Kopf und seine Schultern im Fluß gefunden haben.« Head and Shoulders, so hieß ein Haarwaschmittel!

Ihr müßt schon entschuldigen, ihr Süßen, daß ich mir vor Lachen in die Hosen mache!

Kurz darauf erhielt ich Besuch von der IRA, und da man mich wieder in flagranti ertappte, wie ich mich vor dem Spiegel aufhübschte, dachte ich: »Jetzt bin ich dran!« Ich meine – versucht ihr mal, euch mit Männern in kugelsicheren Westen und Skimützen mit Sehschlitz zu unterhalten, wenn ihr nur ein Haarnetz und ein himmelblaues Negligé anhabt! Als sie reinkamen, drückte ich mich an die Wand und schrie: »Also gut – macht schon! Bringt mich um! Aber bitte – bitte, macht schnell!«

»Ach, halt's Maul, Muschi!« sagte einer von ihnen, und ich erkannte sofort McGarvey aus Tyreelin Cross. Ich versuchte, es ihm heimzuzahlen – immer wenn er mich die Straße entlangkommen sah, pfiff er hinter mir her –, indem ich ihm alle möglichen Lügen auftischte, als er begann, mir Fragen zu stellen. Als ich fertig war, hatte der arme, alte Schnulli für die Mafia, die CIA und Interpol gearbeitet – und zwar gleichzeitig. »Du brauchst deine Märchengeschichten nicht an uns auszuprobieren, Muschi!« sagte einer von ihnen, und alle lachten. Beinahe hätte ich mitgelacht, ehrlich gesagt, so lächerlich war die Situation – wie ich dastand in meinem Doris-Day-Aufzug und mir etwas über den armen, alten Schnulli und internationale Spionage zurechtphantasierte. Ich versuchte ihnen immer wieder klarzumachen, daß sie ihre Zeit verschwendeten; sie fanden nichts, und am Ende haben sie nur gesagt: »Ach, scheiß der Hund drauf!« und sind abgezischt. Beim Rausgehen mußten sie mir natürlich unbedingt in den Hintern kneifen und – dreimal dürft ihr raten! – einen mitreißenden Refrain singen: *»See you later, honky tonk!«* Das war gerade der neueste Hit in der Stadt – dank Dick Emery und seiner blöden TV-Show!

Wenn sich die Lage auch nur ein Fitzelchen verbessert hätte, hätte ich mir vielleicht überlegt, noch eine Weile in Tyreelin zu bleiben, aber wenn ihr die ersten sechs Monate des Jahres 1972 unter die Lupe nehmt, müßtet ihr euch fragen: »Welcher normale Mensch würde aus freien Stücken auch nur fünf Minuten länger in diesem Scheißkaff bleiben?«

Besonders, wenn er gerade einen Geliebten verloren hätte und höchstwahrscheinlich bald von Haus und Hof vertrieben würde. Ich glaube, was allem die Krone aufgesetzt hat, war, daß jemand beschloß, den jungen Laurence Feely umzulegen. Danach habe ich mich verkrümelt – und wie! –, und keine zehn Pferde hätten mich zurückgebracht.

Zwölftes Kapitel
Celebrity Squares

Laurence war mongoloid und konnte die Wörter nicht richtig aussprechen – deswegen nannte ich ihn Laurence Lebrity. Er konnte sich noch so anstrengen, den Titel seiner Lieblingssendung *Celebrity Squares* kriegte er einfach nicht richtig hin. Jeden Tag fragte ich ihn: »Heute abend guckst du dir sie bestimmt an, Laurence, was?« Dann klatschte er in die Hände und machte lauter Luftsprünge. Gott allein weiß, was er von den beiden völligen unbekannten Männern hielt, die in seinem Wohnzimmer standen, als er Bob Monkhouse zusah, wie der von seinen Negern ablas. Nichts, nehme ich an. Schließlich war er vollauf damit beschäftigt, in die Hände zu klatschen und zu rufen: »Lebrity Kwares! Lebrity Kwares!«

Als sie anfingen, ihm Fragen zu stellen, dachte er wahrscheinlich, das sei eine Art Privatshow: seine eigenen *Celebrity Squares.* Wahrscheinlich raste er, als sie sich zu ihm beugten und ihn lächelnd nach seiner Konfession fragten, deswegen so begeistert die Stiege hinauf, um seinen Rosenkranz zu holen.

Was sie zufrieden als Antwort verbuchten. Und nachdem sie seine Mutter vergewaltigt hatten, legten sie ihm die Rosenkranzperlen wie eine Girlande um den Hals und sagten: »Klatsch in die Hände für *Celebrity Squares!*«, was er so begeistert tat wie immer.

Ich glaube, es war der erste mongoloide Junge, der im Nordirlandkrieg erschossen worden ist. Jedenfalls der erste in Tyreelin.

Dreizehntes Kapitel
Ein Mädchen, das sich geliebt weiß!

Ich kann gar nicht genug betonen, wie geschmeichelt ich mich von den Huldigungen eines gewissen Herrn fühlte, und wäre man nicht von jüngsten Todesfällen zutiefst betroffen gewesen, hätten diese Huldigungen womöglich zur Zurücknahme einer Entscheidung führen können, die bereits angedeutet wurde – der Entscheidung, die Stadt Tyreelin zu verlassen!

Einmal wurde mir in meinem kleinen Cottage ein anonymer mit Puder bestäubter Brief zugestellt, der, in eleganter Handschrift, die folgende Botschaft enthielt: »Ich liebe Dich – Du kennst mich.«

Natürlich kannte ich ihn – als hätte Jojo Finn es je geschafft, anonym zu bleiben, und wenn sein Leben auf dem Spiel gestanden hätte! Natürlich nicht, der große Trottel, der in seiner Bomberjacke herumlatschte und aus dem Dunkel hereinlugte – völlig in mich vernarrt, fürchte ich. Ich kann nur eins sagen – Gott sei Dank hat Eamon seine Briefe nicht in die Finger bekommen! Da hätte ich aber Mordszunder gekriegt!

Was nicht heißen soll, daß mir die nervösen Gefühle meines sehnsuchtsvollen Freiers nicht geschmeichelt hätten. Und ob sie das taten! Zumal sie an jenem schicksalhaften Abend in Cavan der Grund für seine Anwesenheit im Tanzsaal des Sportzentrums waren! Als Muschis Schminke verschmierte!

Was war geschehen? Wir hatten spontan beschlossen, nach Cavan zu fahren, um uns die Plattermen anzuhören – Irwin war ganz versessen auf die. »Wartet nur, bis ihr denen ihre Fassung von *With a little help from my friends* hört – da ist Joe Cocker nichts dagegen!« sagte er, als sein zerbeulter Anglia Cavan erreichte. Später torkelte er die Straße entlang und brüllte die Mülltonnen an: »Entweder ist der Freistaat für uns oder gegen uns! Wer anders denkt, soll sich gefälligst verpissen!« Charlie stellte sich auf die Treppen des Gerichtsgebäudes, wedelte mit ihrem Batikhalstuch und erklärten den verblüfften Bürgern: »Ich will / 2000 tote Vögel malen, gekreuzigt vor dem Hintergrund der Nacht.« Dann steckte sie ihr Buch *The Mersey Sound* wieder in die Manteltasche, und wir gingen ins Café, wo wir meinem süßen Schatz Jojo Finn begegneten! Der sich, inzwischen in Seidenschal und karierter Jacke, heimlichtuerisch in einem Winkel versteckte und seine Glimmstengel paffte.

Während ich meinen Kaffee schlürfte, schoß Jojo mir die ganze Zeit verstohlene Blicke zu. Hör doch auf, Jojo! Du machst mich ja ganz verlegen! Aber – ehrlich gesagt, hat mich das etwa daran gehindert, mich neu einzupuppen? Ganz sicher nicht! Ich konnte nur noch eines denken: »Der hat sich heut abend aber mächtig feingemacht – etwa mir zuliebe? Wie er mich wohl findet, in meinem hautengen Rippenpulli und meiner zweifarbigen Hose mit Schlag!« Ganz zu schweigen von meinen sagenhaften kupfernen Kreolen! Die ganz Cavan zum Stillstand brachten mit Rufen wie: »Der trägt ja Frauenohrringe!« Worauf ich erwiderte: »Wie recht du hast, Süßer!«

Jetzt sprang Charlie – die ganz undiskret an einer Flasche Wodka nippte – auf den Tisch und sang aus voller Kehle Songs von Yes. *»If the summer change to winter, yours is no disgrace! Yours is no disgrace!«* jaulte sie in ihr Flaschenmikrofon, wackelte mit dem Hintern und schlug ihren Bärenfellmantel zurück, so daß man ihre Jeans mit den lächelnden Gesichtern und den Filzstiftkritzeleien sehen konnte: Black Sabbath, Frieden und Liebe – Clapton ist Gott.

Irwin aß mit verträumten Augen eine Handvoll Pommes und machte das Friedenszeichen. »Wartet nur, bis ihr ihn Baßgitarre spielen hörte. Verflucht, Rob Strong ist ein Genie, Mann – wenn ich's dir doch sage!« Die Plattermen antworteten ihm über die ganze Stadt hinweg mit einer afrokubanischen Wahnsinnsnummer. Als Irwin zu Charlie auf den Tisch kletterte und beide das Flaschenmikrofon ergriffen, um Santanas *»Oye Como Va!«* zu singen – sie schafften ganze zehn Sekunden, ehe kreischend der italienische Besitzer angerannt kam –, da trafen sich endlich unsere Blicke, Jojos und meine, und – wusch, machte sein Gesicht!

* * *

Um ehrlich zu sein, ich habe keinen blassen Schimmer, wie die Schlägerei im Tanzsaal anfing! Ich meine mich zu entsinnen könen, daß mich jemand am Ärmel zupfte und nach meinem Geschlecht fragte. Danach erinnere ich mich nur noch an »Kreisch!« und daß die Frauen völlig aus dem Häuschen gerieten, als die Rocker mich zu treten versuchten. Ihr könnt euch die Szene bestimmt vorstellen – Lederjacken, schwere Stiefel und »Bringt die Scheißtucke um, diesen Zitterarsch!« Aus dem Nichts taucht eine Erscheinung auf! Jojo! Ich traue meinen Augen nicht! Mein nicht ganz heimlicher Bewunderer ballt sturztrunken, wie er ist, die Fäuste und ist bereit, auf die Bagage loszugehen!

»Laßt ihn in Ruhe! Verflucht noch mal, laßt ihn in Ruhe! Der kommt aus Tyreelin!«

Hat er sie verdroschen, einen nach dem andern? Na ja, nicht ganz! Obwohl es ihm einwandfrei gelang, sie zu vertreiben! Und was tut er dann? Wird ganz schüchtern und stiehlt sich davon – als wäre er plötzlich ein Fremder!

Nicht für mich – oh nein! Kommt nicht in Frage! Olle Muschi vergißt so schnell keine Gefälligkeit!

»Komm zurück!« rief ich ihm nach. »Jojo!« Und setzte flüsternd hinzu: »Liebling.«

»Was ist passiert?« quiekte Irwin, der auftauchte, um nach Luft zu schnappen – was für ein Soldat! (Die IRA hätte Jojo rekrutieren sollen – nicht ihn!)

Wie ich dann durch die Straßen irrte und nach meinem Liebsten suchte – meinem süßen Jojo, dem Retter seines Mädels! Ich trieb ihn auf in einer Gasse bei der Reinigung, mein Herz setzte aus, und mir traten wahrhaftig kleine Tränen in die Augen, als ich seine Hand ergriff. Kein Wort ward geflüstert, als ich sie berührte – so kalt und schweißnaß, vor Angst? – und sanft an seinem Ohrläppchen knabberte. »Ich kann dir gar nicht genug danken«, murmelte ich und senkte ein wenig meine getuschten Wimpern. Wie konnte er nur solche Angst haben!

»Schon gut, Jojo. Schon gut, Schatz!« sagte ich, und dann war ich auch schon fort und warf ihm durch die inzwischen stille Nacht noch eine Kußhand zu. Mit drei schlichten Worten: »Ich liebe dich.«

»Wo zum Teufel hast du dich herumgetrieben? Wir haben überall nach dir gesucht!« brüllte Irwin, der Zertrümmerer des Staatsapparats, als ich zurückkam. Charlie las einem Telegrafenmasten aus *The Mersey Sound* vor.

»Ach, nirgendwo, Irwin, Liebling!« sagte ich strahlend, ganz erfüllt vom stolzen, köstlichen, schwindelerregenden Taumel eines Mädchens, das sich geliebt weiß!

Vierzehntes Kapitel
Mit 'nem Kopp wie Barney Gillis sein Gockel

Es war in der Stadt Tyreelin, ein gewöhnlicher Frühsommernachmittag mitten in der Woche. Eamon Faircroft war nun schon seit einigen Monaten tot, und die Zeit hatte begonnen, Patrick Pussys Seele zu heilen. Natürlich würde er den Mann, mit dem er eine so kurze, aber wundervolle Zeit verbracht hatte, nie vergessen. Manchmal, wenn er auf der Bank vor seinem Haus saß, spürte er, wie seine Mundwinkel zuckten und ein Glitzern und Funkeln in seine Augen trat, weil er sich an einen Witz erinnerte, den Eamon ihm erzählt hatte, oder an eine seiner typischen Geschichten, die er immer auf dem Weg nach Enniskillen zum besten gegeben hatte, wo sie jeden Sonntag zu Abend aßen. Aber er wußte, jetzt war alles vorbei, und es blieb ihm keine andere Wahl, als endgültig seine Koffer zu packen.

Zumal er ohne viel Federlesens aus seiner Behausung geworfen wurde. Kippenrauchende Arbeiter vernagelten die Tür mit Brettern, und Muschi, sie winkte tränenreich Auf Wiedersehen.

»Ihr werdet nie begreifen, was ihr da anrichtet!« sagte sie. »Die Erinnerungen, die dieses Haus birgt!«

»Ach, verfatzen Sie sich, Mrs. Braden!« brüllte einer von ihnen und verjagte ihn mit einer Planke.

»Schon wieder Ärger?« fragte lachend Pat McGrane (alter Klassenkamerad), als er in seinem Anglia vorfuhr. Er war gerade auf dem Weg über die Grenze zu seiner Freundin.

»Fürchte ja, Pat«, lächelte mühsam eine zerzauste Muschi, als Pat hupend davonfuhr.

Glücklicherweise kamen ihr in der Zeit, die ihr noch

blieb, freundliche Nachbarn zu Hilfe, und so saß sie jetzt mit Charlies Familie vor dem Fernseher und sah sich David Bowie und *Spiders from Mars* an, die in ihren Catsuits herumtollten.

»Also, da hört sich doch nun wirklich alles auf!« sagte Mr. Kane. »Ich frage dich, hast du so was schon gesehen? Gütiger Gott!«

Mrs. Kane ging hinaus, um Wasser aufzusetzen, und rief aus der Küche: »Ach, was weiß denn ich. Du mußt die zwei da fragen.«

Klatschend faltete er die Zeitung auseinander und verschwand dahinter. Bowie lag auf den Knien und zog einen Flunsch.

»Wie der Fatzke aussieht – macht da in meinem Fernseher rum, mit 'nem Kopp wie Barney Gillis sein Gockel!«

Woraufhin wir uns nach oben verzogen, wo Charlie jetzt ihren Salon eröffnete. Alice Cooper plärrte zum offenen Fenster hinaus. »Heb doch mal den Kopf hoch«, sagte sie. »Ich komme ja gar nicht an deinen Hals ran!« Mit ihrem Wattebäuschchen tupf-tupf-tupfte sie Grundierung auf.

»Du siehst phantastisch aus!« sagte sie, als sie fertig war. »Ich könnte dich vernaschen!«

Und dann: »Ich werde dich vermissen, Pat Pussy, weißt du das? Ganz doll vermissen!«

»Ich liebe dich, Charlie. Ich werde jeden Tag schreiben, ich versprech's dir.«

»Küß mich! Selbst wenn ich für immer Irvin gehöre – ich will, daß du mich küßt!«

Die schmeckigsten Brüste aller Zeiten, und eine kleine Zunge reist hinab zur Nabelstadt! Und zu anderen geheimen Winkeln!

So ein Schmatzen und Schwitzen hat die Welt noch

nicht erlebt! Gott! Warum konntest du keine süßere Art zu vergehen und zu verschmelzen erfinden? Pimmel, die Chanel verspritzen, oder Mösen, die Rosenwasser absondern? Ach, wer könnte deine Pläne je erraten? Aber Charlie – mit ihr war es so rauschhaft, fast wollte man nicht mehr aufbrechen!

Wartet noch mit der Titelseite! Muschi besinnt sich eines andern! Weigert sich auszuwandern! Beschließt, mit langjähriger Kindheitsgefährtin den Bund fürs Leben einzugehen!

Aber es sollte nicht sein, und als es so weit war, kam ich mir vor wie Ingrid Bergman. »Vielleicht sehen wir uns nie wieder, Charlie, weißt du das?« weinte ich. »Ach, halt doch die Klappe, Braden«, fuhr sie mich an und drückte mich mit feuchten Augen noch mal an sich. »Bitte, sag das nicht, ich liebe dich so!«

»Dann also viel Glück, du Blödmann«, sagte Irwin.

Sogar den alten Irwin zu verlassen tat mir leid, wie er so dastand mit seinem wilden roten Schopf und seinem sommersprossenübersäten Gesicht. Unter dem Arm einen Stapel Zeitungen. *Republican News.*

»Ich komme einfach nicht an ihn ran, Patrick!« sagte Charlie. »Der ist völlig abgedreht!«

Plötzlich machte der surrende Bus wumm! und wusch!, und ab ging die Post!

Fünfzehntes Kapitel
Elefanten nach England

»Ich habe für Kilkenny geboxt – ich habe für Irland geboxt!« sagte der Mann mit dem verbrühten Krabbengesicht. »Und ich würde immer noch boxen, wenn da nicht mein Unfall gewesen wäre!«

Wie traurig, daß sich herausstellte: er war ins Gefängnis gewandert – wegen ungenannter Straftaten. Die Lichter von Liverpool waren noch weit weg, als die Fähre MS Munster durch die wogende See pflügte. Was entdecke ich denn da unter dem Auge des außergewöhnlichen Boxers? Ich glaube gar, es ist ein nervöser Tick!

»Du bist mir vielleicht ein toller Hecht!« sagt er. »Wie du schon angezogen bist... Hast du denn keine Angst...?«

Ich trug ein Halstuch aus violettem Chiffon zur Schau, das dekadent im Wind flatterte.

»Aber wieso denn, Liebling?« fragte ich und schob mich unmerklich näher heran.

Wer hätte damit gerechnet, daß sich ein Pugilist und eine kecke Muschi im Rettungsboot so ineinander verknäueln könnten?

»Man nennt mich Elefant«, sagte er, als er sich eine postkoitale Zigarette gönnte. »Wenn sich jemand an dir vergreift, sag ihm einfach, daß Elefant nicht weit ist. Ich schlage sie zusammen! Ich hab schon ganz andere zusammengeschlagen! Die prügele ich windelweich!«

»Ach, Elefant!« seufzte ich.

Und was tut er dann – fängt er doch wahrhaftig an zu heulen!

»Im Gefängnis war's fürchterlich!« sagte er. »Wie mich das mitgenommen hat!«

Nach einer ausführlichen Schluchzrunde gingen wir zur Bar hinunter, wo *A Nation Once Again* in vollem Gange war. Elefant tat mir leid wegen seiner Nase, die über den Rand seines Bierglases hinweg leuchtete. Seine Augen flehten mich an: »Könntest du mich lieben?« Das schon – aber ich hatte eine Menge vor, und das mußte echt warten. Wie er so auf dem bierüberschwemmten Tisch schlummerte, hätte ich ihm kein Geld aus der Tasche stehlen dürfen. Aber er hatte mir einen Zehner versprochen, und der wollte sich partout nicht zeigen!

Als ich wieder auf Deck ging, war die Luft kalt und rein, und es begann zu dämmern. Ich beugte mich über die Reeling und sog die salzige Brise ein. An der Küste wie Perlen aufgereiht, brachten sie mein Herz zum Zittern, wie sie mir, ein jedes durch den Nebel blinkend, zuzwinkerten: »Hallo, Muschi!«, die lieblichen Lichter Liverpools.

Plötzlich – ein Experte!

Natürlich bin ich mir vollauf bewußt, daß viele Leute vielleicht finden – schließlich hat Terence es mir oft genug gesagt –, daß ich zwar keine Mühe habe, mit Charlie mitzufühlen (welche Tragödie: kurz nachdem Irwin ermordet worden war, hatte sie einen Nervenzusammenbruch – aber das kommt alles später), daß ich aber offenbar nicht dieselbe Großmut an den Tag lege, wenn es um meinen Vater Bernard geht. Der sich – Terence kam immer wieder darauf zurück – gequält haben muß, nicht nur wegen meiner zahllosen rachsüchtigen Briefe, sondern auch wegen des Anblicks, den ich bot, wenn ich in der Stadt umherstolzierte. »Ich meine – wir haben es hier mit einem kleinen Dorf zu tun«, sagte Terence. Ach, plötzlich ist er Experte für irisches Landleben – nachdem ich ihm alles erzählt habe, weiß er Bescheid! Davor hätte er nicht einmal gewußt, wo im Atlas er Irland suchen mußte, von Tyreelin ganz zu schweigen!

Sechzehntes Kapitel
Von wegen, Süßer!

Aber natürlich hat er recht. Ich meine – ich bin tatsächlich ein bißchen in der Stadt herumgetrippelt, einmal violette Manchesterhosen aus Pannesamt, dann wieder ein rosa Seidenjackett und Glitzerstiefel mit hohen Absätzen! »Schließlich konnte man von dem armen Priester kaum erwarten, daß er Sie in die Pfarrei einlädt und sagt: ›Setz dich, mein Sohn, sei so gut und trink ein Täßchen Tee mit mir. Wir zwei beiden haben eine Menge nachzuholen! Übrigens – das taubenblaue Hemd mit den Puffärmeln gefällt mir ausgesprochen gut, oder ist das eine Bluse? Ha ha!‹«

Was wohl alles recht und billig war. Aber mir ging's nicht um großartige Reden und Zusammenkünfte. Ich wollte nur, daß er ab und zu mal sagt: »Hallo, Patrick!« Oder mir wenigstens zunickt, Herrgott noch mal! Aber nicht mal das brachte er fertig! Jedesmal, wenn er mich auf der Bank vor dem Haus sitzen sah, senkte er den Kopf und machte einen Umweg hinten um den Hühnerstall herum. Habe ich schon erwähnt, daß Schnurres, seit man mich auf der Vordertreppe der Hundehüttensiedlung ausgesetzt hatte, neben dem, was die Regierung ihr für meinen Unterhalt zahlte, bestimmt noch zusätzlich Geld bekam? (Im Ort nannte man das »Knüttelknete«.) Hat sie wirklich! Aber absolut! Und zwar, ob ihr's glaubt oder nicht, vom guten alten Vater Bernard! Und wie man's auch dreht und wendet, das muß man ihm lassen! Womöglich hätte ich's ja nie herausgefunden, wenn nicht Caroline sich verplappert hätte, als sie mich mal bei Charlie besuchte. Ich war ganz außer mir und bin auf der Stelle nach Hause gestürmt!

»Wie kannst du's wagen?« sagte ich zu Schnurres. »Mich um mein rechtmäßiges Erbteil zu betrügen! Ich könnte dich vor Gericht bringen! Das weißt du! Stimmt's?« Da fängt sie doch wahrhaftig an zu flennen. Und Caroline natürlich auch! Und dann gucke ich aus dem Fenster, und wer steht da und spitzt wunderfitzig herein – O'Hare! Da habe ich das Fenster aufgerissen und sie angebrüllt: »Was glotzen Sie denn so blöd? Sie glauben wohl, ich will Ihnen Ihre Schlüpfer klauen, was? Da machen Sie sich man keine Sorgen! Ich brauche Ihre ollen Schlüpfer nicht! Die können Sie sich in den Hintern stecken!« Ich kann euch sagen, ich war so richtig in Rage! Aber leid tat mir, daß mittendrin Frank erschien, Carolines Freund, und am liebsten auf der Stelle im Erdboden versunken wäre!

Ich meine – schließlich habe ich mit Sachen um mich geschmissen! Ich muß sagen, Caroline tat mir ganz besonders leid – als ich mit Schnulli zusammenwohnte, hat sie mir immer Geld und Lebensmittel gebracht. (Als hätte ich das nötig gehabt – Geld hatte ich wie Heu! Aber das konnte ich ihr doch nicht sagen!)

»Was soll nur aus uns werden, Paddy?« fragte sie manchmal und schien es ernst zu meinen. Einmal habe ich sie beim Abschied sogar umarmt – ich schwör's, bei allem, was mir heilig ist!

Und jetzt, wo sie mit ihrem neuen Freund da war – ein netter Kerl, ich nannte ihn »Frank von der Bank« –, mußte sie sich so was anhören! »Scheiße, das hättest du mir sagen können!« rief ich. »Du hättest mir was abgeben können! Aber nein! Du hast mir immer nur eins gegeben, nur eins hinterlassen: den Gestank von Pisse und Klamotten, die nie jemand gewaschen hat! Schönen Dank! Tausend Dank, Scheiß-Schnurres!« So hatte ich sie eigentlich nicht anreden wollen. Auf dem Hinweg hatte ich mir fest vorgenommen: »Rede sie bloß nicht so an! Egal was du tust, so darfst du sie nicht anreden, das ist nicht fair.« Und hier stand ich nun und tat genau das. »Scheiß-Schnurres!« kreischte ich noch mal. Ein-, zweimal versuchte Frank, mich zu besänftigen, aber ich fürchte, von ihm ließ ich mir gar nichts sagen, ich meine, schließlich ging es um unsere Familie. »Verpiß dich, Frank!« sagte ich. »Du weiß nicht, wie das war! Was das heißt, von einer Diebin großgezogen zu werden! Woher solltest du das auch wissen?«

So schlimm es war, daß ich die Küche praktisch zertrümmert habe (die inzwischen wirklich ganz hübsch aussah, jetzt wo Frank und Caroline viel Zeit darin verbrachten, sie sauberhielten und was sonst noch alles), hinterher fühlte ich mich ein ganzes Stück besser, und als ich mich endlich beruhigt hatte, konnte ich zu Schnurres sagen: »Tut mir leid. Aber ich war wirklich außer mir, als ich das erfahren habe.« Leider konnte ich sie nicht beschwichtigen, egal was ich sagte oder tat. Als ich ging, war sie immer noch am Heulen. Aber Frank und Caroline brachten mich zur Tür und boten mir, ob ihr's glaubt oder nicht, zwanzig Pfund an! Die ich natürlich nicht annehmen konnte. Ach nein? Von wegen, Süßer!

»Danke, Frank«, sagte ich und nahm Caroline in die Arme. Es war ein schönes Gefühl, ihr einen flüchtigen Kuß auf die Wange zu drücken. »Ich wünschte, das hätten wir öfter gemacht«, sagte ich, und da fing sie an zu weinen. Kein Zweifel, sie war ein richtig hübsches Ding geworden – geradezu schön. »Du bist ein rechter Glückspilz, Frank«, sagte ich und lächelte breit. Dann machte ich mich auf und davon. Nach meinem kleinen Temperamentsausbruch ging's mir ausgesprochen gut.

Siebzehntes Kapitel
Ich arbeite hier

Aber ich weiß immer noch nicht genau, wie ich in der Kirche gelandet bin! Wahrscheinlich hatte ich die Nase gestrichen voll! Gott sei Dank gab es in der Gegend nicht allzu viele Gläubige. Ich konnte mir vorstellen, was die gesagt hätten: »Was will der denn hier? Der hat sich doch noch nie hier blicken lassen!« Was eigentlich eine gottverdammte Frechheit ist, denn wenn ich, der einzige echte Predigersohn in Tyreelin, nicht das Recht habe, mich in diesem Gotteshaus aufzuhalten, wer denn sonst, bitte schön?, wer denn sonst? Ich war richtig aufgeregt, wie ich durchs Portal gerauscht kam, und zu meiner Schande muß ich gestehen, daß von meinen Achselhöhlen ein unverkennbarer Schweißgeruch ausging. »Oje«, sagte ich zu mir – fragt mich nicht, warum! Ratet mal, wer da wie gewöhnlich am Kreuz hing! Auf mich herabschaute und sprach: »Ach, Paddy.« »Ach, Paddy, was?« fragte ich und schüttelte den Kopf. Was wollte Er bloß von mir? Solange ich zurückdenken konnte, hatte Er mit Seiner Dornenkrone einfach so dagehangen, ach dies, ach jenes, ach was. Das war die Frage, die ich Ihm hatte stellen wollen: »Ach was? Ach was??« Also fragte ich Ihn. »Was achst du denn so rum?« fragte ich.

Wie gesagt, ich war ausgelassen und nicht dazu aufgelegt, die Antwort abzuwarten, aber zum Glück ging genau in diesem Augenblick die Tür zum Beichtstuhl auf, und ich trat ein. »Die Flucht der Heiligen Familie nach Ägypten«, war das Faltblatt überschrieben. Ich zerknüllte es und warf es weg. In diesem Augenblick öffnete er den Schieber. »Hallo, Papi«, sagte ich und kniete in der Dunkelheit nieder, und ihr könnt euch vorstellen, was für einen Schreck ich kriegte, als es jemand ganz anderes war. Ein blutjunger Kerl, kaum älter als ich, guckte mich durch das Fenstergitter hindurch an. »Was machen Sie denn hier?« fragte ich. »Ich arbeite hier«, sagte er, und langsam dämmerte mir, wie lächerlich ich mich gemacht hatte!

Aber das war mir nun auch egal sein, denn nach dem Krach mit Schnurres war ich, ehrlich gesagt, ziemlich erschöpft. »Wiedersehen, Vater«, sagte ich, und die Tür zum Beichtstuhl schloß sich klickend hinter mir. »Achs« Blick folgte mir. Wahrscheinlich hat Er sich gefragt, was Er wohl an dem Tag getrunken hatte, da Er eine wandelnde Katastrophe wie mich erschuf.

Achtzehntes Kapitel
»Guck mal! Die hat sich ja schon wieder verlaufen!«

Fragt mich bloß nicht, wie viele Male ich es fertiggebracht habe, mich in London zu verlaufen! Als ich aus der Euston Station kam, muß ich ein halbes Dutzend Mal einen ganzen Quadratkilometer abgeklappert haben – jedesmal verschlug's mich wieder in die Gower Street. Puterrote Pussy! Denkt, daß sämtliche zehn Millionen Einwohner Londons flüstern: »Guck mal! Die hat sich ja schon wieder verlaufen!«

Es war das reinste Wunder, daß ich irgendwann zum Piccadilly Circus fand, um endlich mein Gewerbe zu betreiben. (Ich hatte in der Zeitschrift *Weekend* davon gelesen – »Nächtliches Laster! Die Jungen, die bei Nacht ihrem Gewerbe nachgehen! Sünden einer Großstadt, die nie schläft!«) Klang ganz nach mir! Dachte ich!

Obwohl ich sehr viel länger darüber nachgedacht hätte, wenn ich Silky String und seinesgleichen gekannt hätte – dabei war das gleich mein fünfter oder sechster Freier, Himmel noch mal! (Vielleicht wollte »Ach« es mir heimzahlen!)

Neunzehntes Kapitel
Melodie aus »Die Sommerinsel«

»Kalt, nicht?« sagte ich und legte meine Hand auf sein Bein. »Du erinnerst mich an jemand«, sagt er da mit einem so reizenden breiten Lächeln, daß man denkt: »Da hab ich mir ja 'n richtigen Cary Grant angelacht, aber wirklich«, und wir zwei zermartern uns das Hirn, wer diese Person ist, an die ich ihn erinnere. Und was stellt sich heraus – er meint den unvergleichlichen David Cassidy! »So sollte ich dich nennen«, sagt er. »Mein kleiner David. Mein kleiner David Cassidy.« Nach seinem Namen habe ich ihn nicht gefragt, weil mich das nicht weiter interessiert hat, es sei denn, unser Verhältnis würde enger, er wäre mein Sugardaddy und würde mir als seinem Kätzchen eine Wohnung mieten. Was ich mir, das sei hinzugefügt, liebend gerne hätte gefallen lassen, denn das hätte mir wunderbar in den Kram gepaßt. Eine englische Ausgabe von Eamon Faircroft hätte ich '73, damals zu Beginn meiner Zeit in England, gut gebrauchen können – keine Frage. Dieser Gedanke ging mir im Kopf herum, als wir durch die nächtlichen Straßen Londons sausten – KÖRPER '72! NON-STOP AVANTGARDE NACKTSHOW! GODSPELL! PYJAMA TOPS! IM FÜNFTEN JAHR! DIE SWINGENDEN STEWARDESSEN! TECHNIKEN DER LIEBE! – »Ich frage mich, als was der wohl arbeitet, meine neueste Männerbekanntschaft!« Über eins habe ich mich gefreut – auf alle Fälle war er um einiges besser gekleidet als so mancher meiner früheren Kunden! Sich mit denen abgeben zu müssen, war einfach ekelhaft! »Und ihr redet von den dreckigen Iren!« habe ich zu einem von denen gesagt. Dem seine Fingernägel! Ihr hättet's nicht für möglich gehalten! »Dreck! Wie ich den liebe!« sagt er. »Fick mich im dreckigsten Saustall, den du dir vorstellen kannst – ich werd quieken wie 'n Schwein!« Bei mir nicht!

Wie ich zu Silky sagte – so hieß er damals natürlich noch nicht! –, als ich ein bißchen näher heranrückte und ein bißchen die Nase kräuselte: »Du bist nett!«

»Meinst du wirklich?« fragt er da. Und ich nicke. Weil es einfach stimmte. Tadelloser Anzug, stahlgraues Haar und kein einziger Trauerrand unter den Fingernägeln. Und auch sonst kein Fitzelchen Dreck. »Hörst du gern Musik?« fragt er als nächstes, und ich sage: »Ja. Oh ja. Ich liebe Musik über alles.« Da sieht er mich an und lächelt. »Wunderbar. Ich nämlich auch. Da haben wir schon mal was gemeinsam.« Ich muß euch sagen – Silky gefiel mir immer besser. Und als just in diesem Augenblick *Stay With Me!* von Vic Damone im Radio kam – also, da muß ich ein bißchen zusammengezuckt sein oder vielleicht einen spitzen Schrei ausgestoßen haben, denn er fing an zu lachen und sagte: »Das gefällt dir wohl?« Da schlug ich die Augen nieder und antwortete: »Ja.«

»Ziemlich altmodisch für einen Jungen in deinem Alter, findest du nicht?« Worauf ich wiederum eifrig antwortete: »Oh ja!«

»Da haben wir ja schon wieder was gemeinsam!« sagte er und drückte leicht meinen Schenkel. »Auch ich liebe Vic Damone.«

Als wir durch die Nacht brausten – und zwar nach Norden, aber das wußte ich damals natürlich nicht, ich hatte ja keine Ahnung! –, war ich so was von glücklich, ich kann's euch gar nicht beschreiben! Plötzlich hatte ich das Gefühl, ich sehe alle Einwohner von Tyreelin auf dem Platz zwischen der Molkerei und den Tankzapfsäulen versammelt, wie sie sich vorbeugen, damit ich sie besser erkennen kann.

»Erinnerst du dich noch an uns?« fragten sie, aber ehrlich, was konnte ich anderes tun als den Kopf schütteln? »Bedaure«, sagte ich, und da waren sie so traurig. Aber ich sagte zu ihnen: »So ist das Leben eben! Wir müssen alle mal was anderes machen!«

»Ja, ja! Die wahre Liebe!« sagte Silky jetzt. »Hinter der sind wir alle her! Und Vic – Junge, Junge, der Kerl weiß ein Lied davon zu singen. Findest du nicht auch, mein kleiner Freund?«

»Finde ich auch«, sagte ich, und mir wurde warm wie von einer Umarmung.

»Und Nat King Cole. *The Girl from Ipanema* – hmm?«

»Mm«, schnurrte ich.

»Bist du das kleine Mädchen? Bist du vielleicht das kleine Mädchen aus Ipanema?«

Wir lachten.

»Wie wunderbar, daß ich dich kennengelernt habe«, sagt er da und sieht mich an mit funkelnden Augen.

Wenn ich zurückdenke, muß ich Silks eines wirklich lassen. Wenn man ihn so reden hörte, konnte man ihn für einen Menschen halten, der jedesmal, wenn auf der Kinoleinwand irgendwas Rührseliges kommt, ganze Tränenbäche verschüttet, für den die Mißhandlung eines Tieres eine Tragödie allergrößten Ausmaßes ist. Was ja vielleicht auch stimmte! Daß es dir einen Kick verschafft, jemanden zu würgen, heißt ja noch lange nicht, daß du nicht auch eine menschliche, eine gütige, eine empfindsame Seite hast – vielleicht sogar erst recht!

Etwas anderes sah ich jedenfalls nicht in ihm, als wir so durch die Straßen kurvten. Vic war immer noch am Singen, und durch die geöffneten Fenster drang die warme Londoner Nachtluft herein. Draußen bunte Leuchtreklamen, und ich im Auto durchbraust von Gefühlswallungen. Ich war überwältigt von dem Gedanken: »Am Ende dieser Fahrt wird etwas ganz Besonderes passieren. Mein neuer Geliebter wird die Handbremse anziehen, und wenn wir aus dem Fenster schauen, werden wir etwas erblicken, das wie ein leuchtendes Licht aussieht. Dann wird er sich zu mir wenden und sagen: ›Wir sind da. Wir sind daheim.‹«

Was er auch tat, sobald er die Handbremse angezogen hatte – sich zu mir wenden, meine ich. Aber leider nicht, um von Liebe und Daheim zu sprechen! Obwohl ich das zuerst annahm, denn in seinen Augen stand so etwas wie echte Zuneigung, daß mir richtig jamjam zumute wurde. Besonders als er sagte: »Dann gefällt dir Vic also?«

»Oh ja!« erwiderte ich. »Er gefällt mir wirklich gut.«

»Warum?« fragte er, und zuerst wollte ich kichern, weil wir doch beide wußten, warum, aber dann erschauerte ich und schloß die Augen, weil es so aufregend war, bloß daran zu denken, und die Worte entschlüpften mir einfach so, und ich sagte: »Weil er so gut weiß, was es heißt, verliebt zu sein, und was die Liebe bei zwei Menschen bewirken kann, wenn sie einfach so tanzen, und alle anderen sind schon gegangen, und man hört nur noch die Geräusche der nächtlichen Stadt, bevor die Dämmerung anbricht…«

»Zieh dich aus«, sagte er plötzlich, und ich muß gestehen, daß mich die schroffe Aufforderung leicht verblüffte. Aber ich zog meine Sachen trotzdem aus, so ordentlich und schicklich ich konnte – denn das wollte er (»Zieh dich aus, aber nicht so vulgär«, sagte er) – und legte sie auf den Sitz neben mich. Habe ich schon gesagt, daß ihm das gefiel? Er konnte sich daran gar nicht satt sehen – an dem Häufchen Kleider (ausrangierte Glam-Rock-Klamotten von Oxfam, Oxford Street, leider! Ach, wie das Schicksal sich gewendet hatte! Aber es würde es auch wieder gut mit mir meinen – das wußte ich! Mein neuer Freund würde mir bestimmt in rauhen Mengen Bargeld schenken, das ich fröhlich zu Biba's fabelhafter Boutique tragen würde, um mir das Beste vom Besten auszusuchen!)

Und was diese besondere Entwicklung anging – eine Wende des Schicksals! –, sollte die süße Muschi recht behalten! Freilich keine Wende zum Besseren, Süßer! Denn kaum hatte ich meine Goldkette abgelegt und mein langes braunes Haar zurückgeworfen, da langte er auch schon in seine Hosentasche und zauberte seine seidene Schnur hervor – obwohl ich nicht mit Sicherheit sagen kann, ob sie wirklich aus diesem Material gefertigt war. Das einzige, was ich mit Bestimmtheit sagen kann, ist, daß es es sich um eine Art Ligaturfaden handelte, weich, aber nicht mehr, wenn man euch, so straff es geht, den Adamsapfel zuschnürt. Aus irgendeinem Grund sah ich genau in dem Augenblick, als er mich zu würgen begann, Charlie dastehen, wie sie ihr Halstuch flattern läßt und sagt: »Ich will euch ein Gedicht vorlesen. Es stammt von Adrian Henri aus Liverpool und geht so: ›Ich will / 2000 tote Vögel malen, gekreuzigt vor dem Hintergrund der Nacht…‹«

Wie ihr euch bestimmt vorstellen könnt, erblickte ich, als Silky String die Schnur straff zog, jeden einzelnen dieser albernen Vögel. »Dann glaubst du also an die Liebe?« fragte er – und hämmert zu allem Überfluß noch wie besessen mit seinem Dödel! »Dann glaubst du also an die wahre Liebe? Na, dann wollen wir sie mal ausprobieren! Dann wollen wir's mal probieren mit der wahren Liebe – mit der wahren Fickliebe, komm schon!« Er ließ mich kurz los, um die Musik aufzudrehen – kaum zu glauben, es war die Melodie aus *Die Sommerinsel!* –, und jetzt spielte sie so laut, daß ich nicht begreife, weshalb uns niemand gehört oder gesehen hat. Wahrscheinlich kannte er die Gegend gut – ich erinnere mich an die Hammersmith Bridge in der Ferne, aber offenbar war es eine Art ehemaliges Fabrikgelände –, und er wußte, was er sich herausnehmen konnte und was nicht. Zwar konnte ich nur wenig erkennen, so sehr quollen mir die Augen aus dem Kopf, aber draußen vor dem Fenster schien sich eine Müllkippe zu befinden. Ich hätte schwören können, daß eine Möwe vorübertrippelte. Aber vielleicht war es auch nur einer von Charlies imaginären Vögeln. »All die Dinge, die ich malen werde«, sagte sie, als Silky seine Zunge in meinen Mund steckte. Inzwischen war die Musik geradezu ohrenbetäubend, und warum mir ausgerechnet in diesem Augenblick ein Melodiefetzen aus South Pacific in den Sinn kam, weiß ich bis heute nicht, aber dann – und zwar genau in dem Augenblick, als er wieder diese verfluchte Schnur um meinen Hals zuzog – erscholl aus dem Äther wirklich Mitzi Gaynor, und vielleicht war ich deshalb beschämt, weil ihre Stimme so schön und rein klang. Als stünde sie, die Hände in die Hüften gestützt, mit hochgestecktem Haar dort am Strand und riefe: »Patrick – warum?« Ich weiß nicht, wie ich sein Ohr zu fassen kriegte, aber sobald es mir gelang, grub ich meine Zähne in sein Fleisch, so fest ich konnte. Was mir die Flucht erleichterte, war natürlich der Umstand, daß sein anderes Organ immer noch zustieß.

Im Geiste rief ich Charlie zu: »Du solltest ›einen blutpumpenden Lügner malen, gekreuzigt vor einem Hintergrund aus Müll‹!« Was er jetzt nämlich war, als er er aus dem Auto taumelte und jaulte und brüllte: »Du verdammtes irisches Miststück, du! Ich bring dich um! Du verfluchte irische Drecksau! Meine Augen! Himmel, ich bin geblendet!«

Was gelogen war – er war überhaupt nicht geblendet.

Meine Fingernägel hatten ihn überhaupt nicht richtig erwischt.

Was in aller Welt die sich gedacht haben müssen, die armen Autofahrer, die durch ihre Windschutzscheiben zusahen, wie ich mir mitten auf der Autobahn meine Kleider anzog, und die Augen quollen mir immer noch aus dem Kopf. Ich machte mir nur Sorgen, daß es so kommen würde wie in den Horrorgeschichten, wo du einem Irren entfliehst, und du kletterst zu einem netten Herrn ins Auto, der dich retten wird – und dann stellt sich raus, der ist noch wahnsinniger als der erste!

Glücklicherweise kam es aber doch nicht so. Er war superfreundlich, der Fahrer, ganz besorgt – und fuhr mich sogar zum Krankenhaus. Nur, daß ich, kaum daß er mich abgesetzt hatte, wie ein geölter Blitz davonraste, weil mir einfiel, daß man mir wahrscheinlich eine Menge Fragen stellen würde, etwa: »Wo arbeiten Sie?« Irgendwie glaube ich, daß die Antwort, die sie gerne gehört hätten, nicht gerade lautete: »Auf dem Fleischmarkt, Piccadilly Circus.«

Zum Glück waren meine Verletzungen doch nicht so schwer – bis auf den Schock, das muß ich sagen! Noch Tage danach wußte ich nicht, ob meine Beine aus Bindfäden waren oder aus Stroh oder was. Fest stand nur eins – aus Fleisch waren sie nicht! Ich war so high, ich hätte hinauflangen und mir ein oder zwei Planeten in die Tasche stopfen können. Meine Füße – Himmel noch eins, bald waren sie fünf Zentimeter kurz, dann wieder fast so lang wie die Straße! Ich ging die Straße entlang, lief und pfiff vor mich hin, als ich ihn plötzlich sah – Silky! Wie eine schaurige Ausgabe von Robert Redford stand er vor irgendeinem Laden und betrachtete die Auslage, oder er sah auf die Uhr, bevor er ins Taxi sprang. Ich war mehr als eine halbe Stunde gerannt, ehe mir der Gedanke kam, daß es vielleicht gar nicht Silky war. Ich würde ja wirklich gern sagen, daß die Zeit wie im Fluge verging und meine Wunden sich irgendwann schlossen. Aber ich fürchte, von jemandem wie Silky gewürgt zu werden – darüber kommt man nicht so leicht hinweg. Besonders wenn ihr euren Lebensunterhalt verdienen müßt und jedesmal, wenn irgend so ein Flötenhändler die Lippen an euer Ohr hebt und flüstert: »Ich liebe dich!«, es mit der Angst zu tun kriegt, daß ihr euch kurz danach auf einer Müllkippe wiederfindet. Um euch eine Vorstellung davon zu geben – ehe ich an dem Zaun gegenüber der Eros-Statue Stellung bezog, wog ich etwas über siebenundfünfzig Kilogramm; nach zwei Monaten Schwerstarbeit auf meinem Posten kaum noch fünfundvierzig! Ich begann ernsthaft über die Möglichkeit nachzudenken, daß ich eines Tages an diesem Zaun mein Leben aushauchen könnte und fertig! Einiges davon schreibe ich den Polizeischikanen zu – nicht zu vergessen meine alten Freunde, die IRA. Allmählich hatte ich von denen und ihren Mätzchen die Nase voll! Keine Nacht schien zu vergehen, ohne daß es hieß: »Räumen Sie die Straße! Wir fordern Sie auf, die Straße zu räumen!« Und dann: »Kannst du dich ausweisen? Laß dich mal anschauen, Pat!« Dann mustern sie dich von oben bis unten, zwinkern ihren Kollegen zu, stemmen die Hände in die Hüften und kommen dir mit Tänzelschritten. »Dann gibt's wohl bei euch zu Hause viele Schwuchteln, Pat? Sind doch nicht alles lauter mörderische Bombenleger?«

Wogegen du nicht viel einwenden konntest, sonst hättest du deinen Job verloren!

P. Braden, Piccadilly Begleitservice
bis auf weiteres geschlossen

Aber es war schon traurig. Keine Frage. Einmal, wir waren gerade fertig mit einer Stunde Flöten in einem geparkten Wagen in der Great Portland Street, kam wieder die knackende Durchsage: »Räumen Sie die Straße! Räumen Sie bitte die Straße!« Aber es war schon zu spät, und obwohl ich nur noch das Ende mitkriegte, war es immer noch so, wie man sich den Weltuntergang vorstellt. Auf einem Rettungswagen drehte sich das Blaulicht, die Toten wurden auf Bahren wegtransportiert, und eine Frau in zerrissenen Kleidern lachte unaufhörlich über einen Witz. Nur daß ihr niemand einen erzählt hatte. »Schaut mich an! Schaut mich an in meinen Fetzen!« sagte sie immer nur. Funkgeräte spritzten wie Fett in der Pfanne, und im Fernsehen konnten wir uns selber sehen. Das Ende der Welt, in den Hauptrollen P. Pussy und ganz England. Wie viele Leichen es waren, weiß ich wirklich nicht. »Die gehören aufgeknüpft, diese irischen Schweine, jeder einzelne von denen!« hörte ich eine Stimme neben mir sagen.

Ich saß gerne in durchgehend geöffneten Cafés, weil es da warm war und man mit einigem Glück Kundschaft fand. In solchen Nächten konnte man den Kaffee nicht schmecken. Man fühlte sich wie Hundekacke auf dem Bürgersteig, und gut gekleidete Bürger standen da und sagten: »Wer in aller Welt hat denn diese entsetzliche Sauerei hinterlassen?«

Einige Wochen nach der Geschichte mit Silky saß ich wieder in meinem Stammlokal und starrte hinaus in die Nacht – Cliquen wie aus Uhrwerk Orange, Skinheads und Hippy-Dealer drängten sich in Ward's Pub, die Theater spuckten Zuschauer aus, und die SKOL-Leuchtschrift ging an und aus, als ich plötzlich merkte, daß ich roch! Und nicht einfach nach Hundekacke – es war der Gestank einer ruhrkranken Töle. Wie sehr ich auch versuchte, den Gestank loszuwerden, er wurde immer intensiver. Am Ende war er so widerlich, daß ich völlig überwältigt war. »Du verschüttest deinen ganzen Kaffee, Kumpel«, sagte der Inhaber zu mir, und erst da merkte ich, daß sich auf dem Resopaltisch eine kleine Lache gebildet hatte, die in Tröpfchen auf meine stinkige, abgeschabte Samthose tropfte.

Zwanzigstes Kapitel
Wo zum Teufel steckt meine Mami?

Dort lernte ich auch meinen Liebling Berts kennen – ach, göttlicher Bertie, ich liebe dich so, besorg's mir doch noch mal! – obwohl, was ihn dorthin geführt hat, weiß nur Gott in Seinem Himmel! Ich meine, das war so ein Schuppen, wo sich allerlei nächtliches Strandgut hinverirrte – darunter viele meiner Landsleute, aber keine Chiffon wedelnden Pussys! Die vertrieben sich die Zeit damit, Dosen mit Holstenbier zu knacken, und wollten England abwechselnd in die Luft sprengen oder den Tod von Zivilisten vermeiden. Aber wenn aus der Jukebox Philomena Begley oder Larry Cunningham ertönten und Geschichten von Waisenkindern und Teddybären erzählten, dann fingen sie an zu flennen. Manchmal tanzten sie sogar miteinander, und zweifellos hättet ihr euch fragen können: »Verkehren in diesem Lokal doch mehr Pussys, als es zuerst den Anschein hat?« Obwohl man sagen kann, ja darauf bestehen muß, daß die Flötenhändler, die es gab, kein allzu großes Interesse hatten, bis knuffige Mama-Songs die Nacht erhellten: *»One has hair of silvery grey, the other has hair of gold. One is my mother, God rest her, I love her, and the other is my sweetheart.«* Da liefen ihnen die Tränen über die roten Backen! »Ich liebe meine Mami!« Natürlich liebst du sie, mein Allersüßester, aber tun wir das nicht alle? Aber deswegen zertrümmern wir doch nicht gleich ein ganzes Café! Wie Danny aus Donegal. »Ich schlag diesen Scheißladen kurz und klein! Wenn ihr noch mal behauptet, daß ich sie nicht liebe, lege ich den Laden in Schutt und Asche! Ich liebe sie mehr als jede andere, die je den Fuß auf diese Erde gesetzt hat! Habt ihr verstanden? Verdammt noch mal, habt ihr mich verstanden?«

Und dann schluch-schluch-schluchzt er in seinen Teller mit Pommes. Armer Danny aus Donegal! Armer einsamer Kerl! Seine Mama nichts als blanke Knochen auf dem Hügel!

Und ich saß da und dachte genau dasselbe! Aber nicht bei Mrs. Begley! Mir rollten bei *Hawkwind* und *Silver Machine* die Tränen über die Wangen, als ich an meine alten Freunde dachte. Auf kaffeefeuchtes Papier kritzelte ich Briefe: »Schreibt mir – London ist völlig durchgedreht! Manchmal geht's mir gar nicht gut! Ich liebe euch, Charlie, Irwin!« Und wenn ich nicht schrieb, dann dachte ich wieder an sie, die zu finden ich mein Leben gegeben hätte, an die unvergleichliche Eily Bergin. Oft konnte man mich schluchzen hören: »Wo bist du, Mami? Wo steckst du nur?«

Denn wie lange hatte ich nicht schon gesucht? Um ehrlich zu sein: seit dem Tag meiner Ankunft! Einmal – ob ihr's glaubt oder nicht – sah ich in einer vorüberfahrenden U-Bahn ein blasses Gesicht: »Das ist sie! Ich schwöre, sie ist's!«, denn wahrhaftig, sie hatte Ähnlichkeit mit Mitzi! Mit Mitzi, so wie sie jetzt, 1973, aussehen mochte! Wie viele Menschen in dieser übervollen Stadt? Zehn Millionen? Mehr? Wie lange braucht man, um seine Mami zu finden? Hat irgend jemand meine Mami gesehen?

Seht nur – da ist sie ja in der leeren Kirche. Wendet den Kopf, dich zu grüßen.

»Hallo, Paddy. Warum hast du mich so lange warten lassen?«

Da sagt »Ach«, das Dornenhaupt in die Höhe gerekkt: »Ach! Hast du etwa geglaubt, das sei deine Mami?«

Und in einem Café natürlich auch! Man sah sie von

der Straße aus, wie sie dasaß, die blassen Hände um eine Tasse geschmiegt.

»Mami!«

»Was erlauben Sie sich?«

Wie viele Male ist mir das passiert? Hunderte, ihr Lieben, Hunderte von Malen!

Ist es ein Wunder, daß einen da Bitterkeit überkommt, wenn man in den frühen Morgenstunden dasitzt und mit glasigen Augen vor sich hinstiert, während auf dem Bildschirm des tragbaren Fernsehers israelische Panzer durch die Wüste Sinai vorstoßen mit Maschinengewehrgeratter, daß es einem in den Ohren hallt.

Ich weiß wirklich nicht, was ich ohne den ollen Bertie Wooster und seinen Pfeifenkopf angefangen hätte!

Einundzwanzigstes Kapitel
Welcome Home!

Eins muß – was nutzt alle Täuschung? – von vornherein klargestellt werden: der arme alte Bertie hatte keinerlei Ähnlichkeit mit Marlon Brando (trügerische Hoffnung! Da käme schon eher Mr. Magoo in Frage!). Brando, der machte gerade seine Pariser Margarine-Mätzchen, und zwar im Odeon am Leicester Square. Das Plakat konnte man durch das Fenster des Cafés sehen, in dem jetzt – in seinem osterglockengelben Lambswoolpullover mit V-Ausschnitt und dazu passender Freizeithose (was für ein Aufzug!) – Berts, ein feiner Herr, saß. Ihm gegenüber Ihre Eminenz P. Pussy, die – es läßt sich nicht leugnen – dank einer vorübergehenden Schicksalswende recht begehrenswert aussah in ihrer farbenfrohen Patchworkjacke aus Wildleder und ihrem niedlich knappen T-Shirt mit dem scharlachroten Herzchen auf der linken Brust. Ganz zu schweigen von der ausgesprochen entzückenden Hose, wieder einmal aus Samt, und dem Gürtel aus schwarzem Lackleder mit der mächtigen Schnalle. Junge, Junge, war das wirklich Pussy? Mich dünkt, ja! Ähnelte sie mit ihrem kräftigen Lidschatten und ihrem frisch gefärbten Haar vielleicht gar Miss Lynsey de Paul? Aber ja, daran gibt's keinen Zweifel! Wenn sie am Piccadilly Circus arbeitete, wackelte sie im Takt zu Sugar Me! tatsächlich oft mit den Hüften – für geleistete Dienste, versteht sich!

Und jetzt sitzt sie ihrem allerliebsten Berts gegenüber! Einwandfrei nicht Marlon mit der Margarine – aber vielleicht jedermanns Lieblingsonkel. Der immer mit Geschenken kommt und nicht müde wird, alle Welt zu unterhalten, der dich mit seiner Blume, einem Scherzartikel, naß spritzt und ruft: »Ha ha! War nur Spaß!«, der sich in seinen Lieblingssessel – in dem er jedes Jahr sitzt – fallen läßt, allen Kindern um sich her die Haare zerzaust und sagt: »Na, was war denn in der Zwischenzeit los? Irgendwelche Dönkes für euern Onkel Bertie?« Und alle rufen: »Oh, Onkel Berts! Wie sehr wir ihn lieben!«

Außer natürlich, wenn er sich zu sehr betrinkt, wenn er anfängt, in der Ecke vor sich hinzuschluchzen, wenn er dahinwelkt wie eine riesige Osterglocke (Gelb war echt seine Lieblingsfarbe!) und sagt: »Keiner liebt mich, mein Leben ist verpfuscht.« Auf jeder Hochzeit hängt Onkel Bertie vollgetankt über dem Tisch, und alle versinken vor Scham.

Und jetzt war er schon wieder dabei, und noch dazu vor einem Wildfremden! Ach, Bertie Bertie Berts – was für ein Anblick nach fast einem ganzen Kasten Bier! Während es aus seinen Spinnenäuglein auf den Tisch tropfte, machte der Kronenkorken des Holsten Pils schäumend plok!

Doch kaum spielte die Jukebox – heureka! – seinen Lieblingssong, da wurde er wieder munter! Wie er sie verehrte, *Peters and Lee!* Was er vor versammelter Mannschaft natürlich lauthals verkünden mußte!

»Ich kann's nicht fassen! Er ist es! Mein Lieblingssong! Was für ein Zufall! Wirklich erstaunlich!«

Eigentlich war es unwahrscheinlich, daß der olle Berts aus heiterem Himmel beschloß, überfüllte Cafés mit einer Darbietung von Welcome Home oder irgendwelchen anderen populären Nummern zu unterhalten, doch genau in diesem Augenblick, am 11. August 1973 um drei Uhr morgens, hätte niemand, der versucht hätte, ihn daran zu hindern, auch nur das leiseste ausrichten können! Er bestand sogar darauf, daß seine neue Gefährtin – *moi,* versteht sich! – ihn zu einem Walzer aufs Parkett begleitete, zur großen Belustigung der versammelten Iren, Türken und anderen Arbeitsmigranten, die riefen: »Nimm die Pfoten weg!«, »Ihr zwei Ferkel!« und »Runter mit den Klamotten!«

Und Berts hauchte in Muschis zartes Ohr: *»Welcome home! Welcome! Come on in and close the door!«*

Später – viel später! (gerade setzten sich ächzend wieder die U-Bahn-Züge in Bewegung) – stellte sich bei einer beträchtlichen Anzahl Pils heraus, daß Berts eine Theorie hatte. »Hach!« heuchelte ich bewunderungswürdig. Ja, fuhr Berts fort, er habe nicht den geringsten Zweifel, daß dieses Lied, so wie es geschrieben sei, die Geschichte nur zur Hälfte wiedergebe.

Als er mir mit einem Ausdruck, den man, hätte man es nicht besser gewußt, für völligen und äußersten Wahnsinn der pathologischen und obsessiven Art hätte halten können, in die Augen starrte, nickte ich fieberhaft. Es hätte mich nicht im geringsten erstaunt, wenn sie das Café gestürmt und ihn auf Nimmerwiedersehen weggekarrt hätten. Besonders, als er mir mit dem Finger auf der Brust herumstocherte und klagte: »Und was ist mit der Inneneinrichtung? He? Mit den Tischen, Stühlen, Anrichten und so? Von denen erfährt man nichts, stimmt's? Oh nein!« Und dann fing er ohne Übergang wieder an zu singen (und was war er für ein Vortragskünstler! ich mache euch nichts vor!) und schlängelte sich zwischen den Tischen hindurch.

Welcome home! Welcome!
You've been gone too long.

Ich wäre fast vom Stuhl gefallen, als er sich mit Stielaugen zu mir beugte und fortfuhr:

Come on in, you're home once more!

Mit seiner makellos manikürten Hand schlug er auf die Resopalplatte.

»Du mußt was über die Inneneinrichtung erfahren, kapierst du? Und ich werde zusehen, daß du's tust! Oh ja! Ich hab nämlich meine eigene Band. Bin mein Leben lang im Showbusineß gewesen! Ich hab sogar schon was geschrieben! Jawohl! *Welcome Home,* Teil 2, könnte man's nennen. Willst du's hören, junger Freund?«

Bevor ich den Mund aufkriegte, leerte er strahlend seine Flasche, hüstelte höflich und begann der erwachenden Stadt vorzusingen:

Tables and chairs, pictures on the walls,
Come on in, right in through the hall!

Kaum zu beschreiben, der olle Berts, wie er dasitzt mit seinem Bier und sich hin und her wiegt wie ein Schnulzensänger in einem exklusiven Nachtklub, der im All verschüttgegangen ist.

»Jeden Sonntag morgen im Wheatsheaf – so verdiene ich mir mein Geld! Nur ich und mein gutes altes Keyboard, Patrick, mein Freund!«

Und dann wird Bertie doch tatsächlich mit einem Mal zudringlich! Fast außer Atem drückt er meinen Arm.

»Bitte! Bitte, komm doch mit und wohn bei mir!«

»Ach, ich weiß nicht so recht! Ein Mädchen muß an seine Zukunft denken, Bertie, Liebling!«

»Ich gebe dir alles, was du willst!«

»Wirklich?«

Die ungezogene Muschi, die die Männer abzockt!

»Bitte, sag doch ja – Louise wird nichts dagegen haben!«

»Louise?« japste ich. »Louise?«

»Ja! Du bist einfach mein Neffe!«

Ich mußte lange darüber nachdenken, ungefähr fünfzehn Sekunden lang, um genau zu sein! Schließlich kam ich zu dem Schluß, daß ich von Paddy Braddens Begleitservice mit Niveau, Piccadilly Circus, London W1 schon seit einiger Zeit ziemlich die Nase voll hatte, danke vielmals!

Einige Informationen über Charlie und Irwin, entnommen Charlies Briefen

Charlie und Irwin gehen die Straße entlang. Irwin schmollt, die Hände in den Hosentaschen, und von den Zapfsäulen bis zum Hühnerhaus wechseln die beiden kein einziges Wort.

Dann sagt Charlie: »Lüg mir nichts vor! Ich bin doch nicht bekloppt! Deine Scheißlügengeschichten nehm ich dir nicht ab!«

»Ich habe dir doch gesagt – bei Einsätzen mache ich nicht mit«, sagt Irwin. »Ich verkaufe die *Republican News* – was ist schon dabei!«

»Du bist ein gottverdammter Lügner, und wenn du mir nicht die Wahrheit sagst, mache ich Schluß mit dir!«

Was sie natürlich nicht tut, egal was er sagt. Aber er macht wirklich bei Einsätzen mit. Noch am Vorabend dieses Wortwechsels hat er zwei Freiwilligen geholfen, einen Sprengsatz zu basteln.

»Ist mir völlig schnurz, was du glaubst!« ruft Charlie. »Du hast nicht das Zeug dazu, jemanden umzubringen!«

»Was weißt du denn? Was, zum Teufel, weißt du schon, Charlie?«

Sehr viel mehr, jedenfalls über den »Freiwilligen« Irwin Kerr, als der zugeben wollte oder durfte!

Wie sich schon wenige Nächte später herausstellen sollte (kurz nachdem der junge McCarville, an eine Matratze gefesselt und mit einem fünfzehn Zentimeter langen Nagel im Kopf, den Fluß herabtrieb und beschlossen wurde, daß etwas geschehen mußte). Pferd Kinnane und Jackie Timlin schauten vorbei, und gemeinsam fuhren sie los, um den alten Anderson und seinen Sohn umzulegen, die sich, wie's der Zufall wollte, günstigerweise gerade in der Bibliothek aufhielten und irgendeine exotische Pflanze mit Pflanzenfutter besprühten, als die drei maskierten Desperados hereinstürmten. Den alten Knakker abzuknallen war leicht, aber sein Sohn (obwohl schon fünfzig Jahre alt) wehrte sich verbissen und wäre beinahe entkommen, wenn es dem Pferd nicht gelungen wäre, sich zwischen ihm und der Tür aufzupflanzen. Er schlug ihn zu Boden und schrie: »Leg ihn um! Leg ihn um, Kerr, du Blödmann, du!

Irwin stand einfach nur da, machte sich vor lauter Angst in die Hosen – das tat er wahrhaftig, wie jeder mit Augen im Kopf an dem sich ausbreitenden Fleck im Zwickel seiner Hose erkennen konnte – und war mit seinen Gedanken weit weg; da stieß Jackie ihn schließlich beiseite, riß ihm die Knarre aus der Hand und jagte dem Mann drei Kugeln in den Schädel. »Kerr, du blöder Hampel! Du elender Sack, worauf wartest du! Wofür hältst du uns eigentlich? Wofür hältst du uns eigentlich?«

Irwin war sich nicht ganz sicher, wofür er sie hielt. Er wußte nur, daß von diesem Abend an nichts mehr so sein würde wie ehedem. Was stimmte. Die Bullen brauchten nicht lange, bis sie raushatten, wer dabeigewesen war, und von da hielten sie ihn jedesmal fest, wenn er über die Grenze kam. Zuerst ließ er sich nicht unterkriegen. Aber seine Zähigkeit hielt nicht lange vor, und als sie sagten, sie würden schon noch dafür sorgen, daß Charlie reingelegt und wegen Stoff belangt würde, da nahmen die Dinge eine andere Wendung. Besonders als sie sie tatsächlich anhielten und rätselhafterweise ein winziges bißchen Gras in ihrer Tasche fanden. Es war nichts, aber als sich das herumsprach, schämten ihre Alten sich in Grund und Boden. »Beim nächsten Mal«, sagten die Bullen, »sitzt sie in der Scheiße, Kerr. Es sei denn, du kommst allmählich zur Vernunft.«

Eins wußte er mit Sicherheit: Wenn er anfing, zur Vernunft zu kommen, dann saß er in der Scheiße. Aber er kam trotzdem zur Vernunft – weil er keinen Schlaf mehr fand und nicht richtig denken konnte. Meistens wußte er nicht mal, was er tat. Es war nur noch ein Frage der Zeit, bis er anfangen würde, zu singen wie ein Kanarienvogel. »Ich darf Charlie nicht verlieren«, sagte er immer wieder. »Wenn ihr irgendwas passiert…«

Aber zum Glück passierte ihr nichts, wegen seiner letztlich tragischen Bereitschaft zur Zusammenarbeit mit der Polizei. Es sah ganz so aus, als stünde ihr auf der Kunsthochschule eine phantastische Karriere bevor.

Zweiundwanzigstes Kapitel
Jetzt kann ich sie endlich malen!

Als ich sie anrief, erzählte sie mir davon.

»Endlich, Patrick! Endlich kann ich die Scheißvögel malen! Zweitausend tote Vögel vor einem großen schwarzen Hintergrund!«

»Ich habe dir die Yes-Alben besorgt«, sagte ich ihr. »Sie sind auf dem Weg.«

»Du bist wirklich ein Schatz«, sagte sie. »Wie behandeln sie dich da drüben? Geht's schon besser?«

»Sie reißen mir den Arsch auf«, erwiderte ich.

»Du gerissenes Luder«, sagte sie und gab mir durch die Muschel einen Kuß.

»Viel Glück!« sagte ich und ließ mich wieder von der brandenden Menschenmenge verschlucken.

Dreiundzwanzigstes Kapitel
Ein Cockney läßt das West End hochleben

Es ist Samstag abend im ollen West End, stimmt's oder hab ich recht? Und ob ich recht hab, mein Junge! Guck dir die Typen an – die hauen vielleicht auf den Putz, und wie! Und was ist daran schon verkehrt, eh? Nichts! Aber auch rein gar nichts, Kumpel! Ist ja nicht so, daß sie nicht die ganze Woche verdammt schwer dafür schuften würden und sich dann aufdonnern und einen draufmachen. Guck dir die da drinnen an – hübsch, sag ich dir! – verdammt hübsch! – wie sie den Wein runterschütten und diese riesigen Steaks verschlingen! Sollen sie's doch gut haben, sag ich. Noch der letzte Blödmann! Da drinnen geht's verdammt weihnachtlich zu. Guck nur, wie sie das Zeug runterkippen und sich vor Lachen ausschütten wollen wegen irgend so 'nem schwachsinnigen Witz! Aber was soll's – ein Lacher ist ein Lacher, stimmt's? Wirklich, mir doch scheißegal, worüber die Leute lachen – solange sie sich amüsieren, soll's mir recht sein! All die Lichter, die da ums Fenster rum leuchten – sieht verdammt einladend aus, nicht? Die wollen sagen: Brauchst nicht da draußen stehenzubleiben – komm doch rein, Keule – komm rein und setz dich zu uns!

BUMM!

Was zum Teufel war das denn? Meine Fresse! Das darf doch wohl nicht wahr sein! Dem armen Kerl läuft ja Blut übers Gesicht! Das ist wirklich eine Frechheit! Bomben in Restaurants werfen! Was bilden die sich ein, was sie damit erreichen, eh? Verfluchte Scheiße! Jetzt kommen sie alle rausgerannt – schreien und brüllen! So was sieht man sonst nur in 'nem gottverdammten Horrorfilm! Der arme Kerl hat nicht mal sein Steak in den Mund gekriegt, scheiße, dem hat's den Kopf weggeblasen! Diese Verbrecher! Ach nein! Nun guck dir bloß die kleine alte Dame an! Wo sind denn der ihre Beine? Nun sag schon! Wo sind die Beine von der Alten? Stimmt – sie hat keine mehr, oder? Weggesprengt bis auf die Stumpen – alles nur wegen diesen gottverdammten Paddys! Mensch, da reißt einem aber der Geduldsfaden, sag ich dir. Wir holen sie ins Land, geben ihnen Jobs, und was machen die? Sprengen einem die Birne weg! Im letzten Krieg waren sie aber nicht so fleißig, wenn ihr euch erinnert! Verdammte Moosaraber! Tut mir leid, Keule, aber so denk ich nun mal! Was, wenn's meine Alte erwischt hätte – oder deine? Schickt sie alle zurück, sage ich. Zurück ins Torfmoor, wo sie hingehören!

Vierundzwanzigstes Kapitel
Eine große welke Blume

Eine Einstellung, die der gute alte Bertie und sein vorwitziger rosiger Pfeifenkopf durchaus nicht teilten – von Paddys und Muschis konnte der einfach nicht genug kriegen! War rasend verrückt nach mir, seit ich ihn überredet hatte, mich unten im Weatsheaf jeden Sonntag morgen ein, zwei Songs singen zu lassen. Meine Gesangsausbildung bei Charlie in der guten alten Zeit der Jukebox-Jury-Shows, jetzt begann sie sich wirklich auszuzahlen! Habe ich schon erwähnt, daß ich stolzer Besitzer einer ganz vorzüglichen Singstimme bin? Nein? Dann darf ich die Gelegenheit nutzen, es hiermit nachzuholen! Das sollte ja auch weiter keine große Überraschung sein, wenn man bedenkt, daß mein lieber alter Papa für seine schöne Tenorstimme bekannt war, mit der er auf Hochzeiten und ähnlichen öffentlichen Veranstaltungen Klassiker wie *Goodbye* aus *The White Horse Inn, Blaze Away* und *Paddy McGinty's Goat* vortrug. Nicht, daß ich die Absicht gehabt hätte, diese Familientradition fortzuführen! Zumindest nicht so wie mein lieber alter Papi, das fand die Kundschaft von Wheatsheaf an jenem ersten Sonntag morgen heraus, als Bertie sein Halstuch zurechtzupfte (ebenfalls gelb – mit kleinen schwarzen Punkten!), ein paar Akkorde auf seiner Hammondorgel anschlug und mich ankündigte: »Meine Damen und Herren! Heute morgen habe ich einen ganz besonderen Gast! Von der Grünen Insel – Miss Daisy Dusty Springfield!«

Wie ich – völlig überkandidelt, ich schwör's! – hüftenschwenkend auf die Bühne trat, gab ich die göttlichste Version von *The Windmills of Your Mind* zum besten, die man je gehört hat. Als ich zu der Stelle kam, wo die

Welt ein Apfel ist, der lautlos im Weltenraum kreist, war ich vollkommen hinüber. Volle drei Minuten lang hatte ich überhaupt nicht das Gefühl, in einem Hotel zu sein – mit dem Mikro in der Hand walzte Dusty das ungeheure, sternbeglänzte Firmament entlang. Danach schmetterte ich aus purem Übermut *Son of a Preacher Man*, und ich muß sagen, dafür erntete ich stürmischen Beifall! Ich dachte schon, Bertie würde explodieren vor Stolz! Jedesmal, wenn ich zu ihm hinübersah (ich weiß nicht, wie viele Vorhänge ich hatte!), klatschte er wie ein kleiner Junge, der aller Welt beweisen will: »Die kenne ich! Das ist meine Freundin!«

Also, wenn ich in dem ollen Wheatsheaf kein voller Erfolg war! Meine Auftritte dort wurden für mich zum Höhepunkt der Woche, und schon Tage vorher war ich ganz aus dem Häuschen, weil ich entscheiden mußte, was ich anziehen und was ich singen wollte (für meine Garderobe einschließlich Hochfrisurperücke à la Dusty kam natürlich Bertie auf!). Manchmal war ich so außer mir, daß ich Berts förmlich den Kopf abriß – »Warum kannst du mir nicht helfen? Warum?« –, aber wenn ich mich beruhigt hatte, vertrugen wir uns immer wieder – mit seinen traurigen Hundeaugen kriegte er mich jedesmal rum. Meistens sang ich Sachen von den Supremes, Dusty und natürlich Lulu. Wenn ich deren Nummer *Shout!* vortrug, rastete ich völlig aus, stand auf dem Tisch und all so was. Und weil ich so ein richtiges altes Flittchen bin, raffte ich meinen mit Pailletten besetzten Mini und brachte die Menge zur Raserei!

Nach jedem Konzert ließen wir uns vollaufen, Berts und ich, und wenn wir nach Hause kamen, holte er seinen Pfeifenkopf raus, und der arme alte Osterglockenmann war wie von Sinnen. »Ach, wie ich dich liebe!« stöhnte er dann, und ich mußte lachen, wenn ich ihn so dastehen sah mit seinem salutierenden Stengel und der kanariengelben Hose, die ihm wie eine Ziehharmonika um die Knöchel hing! Und dann war von ihm nichts anderes mehr zu hören als »Uh! Uh! Uh!«, und in den Armen hielt man eine große welke Blume.

Fünfundzwanzigstes Kapitel
Ein leise dahingeflüstertes »Warum?«

Ach ja, der gute alte Berts und ich – zwei Menschen, die einfach, wie die New Seekers sangen, *»in perfect harmony«* beisammensein, zusammenleben wollten, anders als Louise, unsere liebe Wirtin, deren bohrende Blicke wir ertragen mußten und die inzwischen bei jeder Gelegenheit brüllte: »Macht gefälligst die Tür hinter euch zu!«, nach Kräften mit Geschirrtüchern herumwedelte und wissen wollte: »Wer hat die Tassen stehengelassen? Die sind ja völlig verdreckt!« Zwischendurch, wenn ihr wieder einmal ihr armer Sohn Shaunie in den Sinn kam, der 1961 von einem Bus überfahren worden war, versank sie in einer Art Trance. »Weißt du, darüber ist sie nie hinweggekommen«, erklärte mir Berts. »Eines Tages klopfte die Polizei an die Tür – und das war's dann.«

Louise tat mir leid. Ich wußte, wie ihr zumute war. Bei ihr war's der Sohn, bei mir eine Mutter – eigentlich genau dasselbe. Vielleicht war das der Grund, weshalb ich mich in sie verknallt habe und sie sich in mich! Und was hat das olle Bertie zur Weißglut gebracht!

Wie es dazu kam? Ich muß schon sagen, ebenso natürlich wie unerwartet. Eines Tages saß ich, ganz mit mir beschäftigt, auf dem Sofa, nippte an einer Limonade und sah mir ausgerechnet The Wombles an, als ich plötzlich ein Schniefen hörte, und da sitzt sie doch mit einem Papiertaschentuch neben mir und erzählt mir die ganze Chose mit ihrem Mann, der sie verlassen hat, und wie sehr sie ihn geliebt, ihren süßen Ginger, alles habe ich für ihn getan, sagt sie, warum nur hat er mich verlassen, warum? fragt sie mich, aber noch ehe ich antworten kann, schlingt sie ihren Arm um meinen Hals und küßt mich derart heftig, daß ich fast ersticke. Aber ich habe mich nicht beschwert, oh nein! Selbst dann nicht, als ich auf den Boden fiel und mir den Kopf anschlug, und sie keuchte: »Liebling! Ach, du mein Liebling! Ginger!«

Was ja nun wirklich zum Schießen ist, denn um euch die Wahrheit zu sagen, ich bin sicher, daß sie nur so tat und mich von Anfang an am liebsten Shaunie genannt hätte!

Wenn ich es nicht längst gewohnt gewesen wäre, mich zu verkleiden, hätte ich ihr Spielchen mit den Shorts, mit Shaunies Anzug und so weiter (mit dem sie anfing, als wir eines Abends grottenvoll waren) vermutlich nicht mitgemacht. Ob ihr's glaubt oder nicht, beim ersten Mal war ich sogar ein bißchen verlegen, dabei hatte ich mindestens vier Gin intus! Aber nach einer Weile habe ich mich an das kleine graue Sakko und die kurzen Hosen gewöhnt und wurde richtig aufgeregt, wenn sie mich bat, sie »Mami« zu nennen. Anscheinend hatte Shaunie es genauso ausgesprochen wie ich, wo doch sein Papa Ire war. »Ach, mein dummer Bub, mein Shaunie Shaunies!« rief sie, und ich sagte: »Mami!« Nach einer Weile machte mir die Sache richtig Spaß, wie ich so auf ihrem Knie saß und mich an ihren warmen gepuderten Leib schmiegte. Ja, ich wollte gar nicht mehr damit aufhören!

Bis eines Tages gänzlich unerwartet kein anderer als Berts hereinspaziert kam! Ich kann nicht leugnen, daß ich mich fürchterlich geschämt habe, als er uns mit zitternder Stimme anpflaumte: »Was zum Teufel geht hier vor?«, weil ich ihm nicht gesagt hatte, was hier vor sich ging – außerdem war ich gerade dabei, an Louises Brustwarze zu nuckeln und zu plärren: »Mami!«

Nun ja, wie ihr euch vorstellen könnt, war danach der Teufel los! Louise konnte von Glück sagen, daß Bertie keine Kämpfernatur war, sondern nur, mit den Armen fuchtelnd wie eine verrückt gewordene Möwe, lauthals protestierte: »Das ist nicht fair!« und »Er ist meine Freundin, du blöde alte Kuh! Meine!«

Ich fürchte, nach diesem Zwischenfall waren wir alle in ziemlich schlechter Verfassung. Ich weiß nur noch, daß olle Bertie die Treppe heraufgeschlichen kam und jammerte: »Das ist kein Schuljunge! Er ist mein Mädel, und du hast kein Recht, ihm so was anzutun!«

Es war eine schwere Entscheidung, aber leider hatte mir Louise als Teil unserer Abmachung wunderschön die Haare frisiert – mit Nadeln, Klammern und Spangen, ganz zu schweigen davon, daß sie mir Hautcremes und Lotions besorgte, für die ihr euer Leben gegeben hättet. So blieb mir schließlich keine andere Wahl, als ihm zu sagen: »Tut mir leid, Bertie. Tut mir aufrichtig leid.«

Er war untröstlich und ging noch am selben Abend fort. Ich habe ihn nie wieder gesehen. Da bin ich Louise geradewegs in die Arme gesunken und habe sie an mich gedrückt, habe sie wieder und wieder an mich gedrückt.

Nur daß mir immer wieder der Gedanke durch den Kopf schoß: »Eigentlich darfst du das nicht, das weißt du ganz genau. Sie ist nicht deine Mami. Wenn sie will, daß du ihr Sohn bist, soll's dir recht sein. Aber deine Mami ist sie nicht. Deine Mami war etwas ganz Besonderes. Auch wenn sie dich vor Schnurres Bradens Tür ausgesetzt und für immer verlassen hat. Auch wenn sie das getan hat, kann doch niemand, niemand! ihren Platz einzunehmen. Warum also hockst du auf dem Schoß einer fremden Frau, Patrick Braden?«

Ich versuchte mein bestes, den Gedanken zu verscheuchen, und saugte wie wild an Louises Brust, aber irgendwie kam er immer wieder, ein leise dahingeflüstertes »Warum?«

Sechsundwanzigstes Kapitel
»Ich heiße nicht Eily Bergin!«

An manchen Tagen, wenn sie einkaufen war, ging ich aus dem Haus und lief allein die Straßen entlang, wollte so weit weg wie möglich. Um die Zeit muß es angefangen haben, daß ich jedesmal, wenn ich an einer Haltestelle oder sonstwo eine Frau in Hauskittel oder Kopftuch stehen sah, mich nicht mehr bremsen konnte, und ehe ihr euch's verseht, steht da eine wildfremde Person und ruft: »Was soll das? Ich heiße nicht Bergin! Und Eily schon gar nicht! Hau ab, oder ich rufe die Polizei!«

Solche Irrtümer sind mir noch öfters unterlaufen – aber es hat keinen Sinn, euch etwas vorzumachen! Ich konnte mich einfach nicht bremsen!

Wenn Terence mich jetzt sehen könnte!

Wie ich so jammervoll in meinem albernen alten Hauskittel herumschlurfe – um ehrlich zu sein, ich glaube nicht, daß er wirklich erstaunt wäre! Ich höre ihn schon sagen: »Patrick, ich glaube, in Wahrheit wolltest du eigentlich schon immer sie sein. Eily. Schließlich könnte sie dir dann nicht mehr davonrennen!«

Eines muß man Terence lassen, auch wenn er sich verdrückt hat! Er war der einzige im Krankenhaus, der irgendwas kapiert hat. Die anderen Idioten, die sie da hinzugezogen haben! Fenshaw! Du liebes Lieschen! »Oh, es liegt auf der Hand, daß Ihr provinzielles irisches Kleinstadtmilieu Sie nicht richtig auf die Herausforderungen einer kosmopolitischen Großstadt vorbereitet hat!« Also wirklich, alles was recht ist, Dr. Durchblick, außerordentlich scharfsichtig!

Was Wunder, daß ich ihm eine Menge Lügen aufgetischt habe, von wegen ich hätte mich schon immer unterdrückt gefühlt und in der englischen Bombenkampagne der IRA eine Schlüsselrolle gespielt! Was er natürlich – mit allem Drum und Dran – geschluckt hat, der alte Idiot!

Auf so was wäre mein richtiger Doktor nie hereingefallen. Ich habe Terence so geliebt. Ich habe sogar von ihm geträumt. Wenn er in der Nähe war, fühlte ich mich geborgen. Ich hätte mir denken sollen, daß sie eines Tages kommen und sagen würden: »Ah, Dr. Harkin? Der arbeitet nicht mehr hier. Die Leitung hat jetzt Dr. Fenshaw übernommen!«

Ich fürchte, wenn man sich darauf verläßt, daß Leute bei einem bleiben, muß man sich in Wahrheit auf viele Enttäuschungen gefaßt machen.

Nachdem sie mir gesagt hatten, daß er für immer weg sei, hoffte ich wider alle Vernunft, er würde doch noch zurückkommen. Als ich den Streit mit Fenshaw hatte, schleppten sie einen gewissen Dr. Murti an, der behauptete, er wolle gern mein Freund sein, aber meistens wußte ich nicht einmal, ob er überhaupt da war. Statt zu reden, sitze ich einfach da und tue, was Terence mir aufgetragen hat – schreibe alles auf, damit ich dahintersteige. Manchmal frage ich mich, was er von den Hunderten von Seiten hält, die ich über ihn verfaßt habe, der flunkernde alte Gregory Peck!

Ich weiß nicht, wie oft ich die nächste Seite wiedergelesen habe, mir wird dabei so warm und behaglich zumute!

Siebenundzwanzigstes Kapitel
Terence in einer Schaffelljacke

Es war Weihnachten, und ich wollte meinen Augen nicht trauen, als ich plötzlich Terence sah. Das Beste von allem war, daß er seinen bescheuerten alten Arztkittel abgelegt hatte und eine wunderschöne pelzbesetzte Schaffelljacke und einen dicken roten Wollschal trug. Er sah so weihnachtlich aus! »Patrick!« sagte er und lächelte mich an. »Damit haben Sie nicht gerechnet, daß ich zurückkomme, was?« »Ach, Terence!« rief ich und rannte auf ihn zu. Ich mußte ihn andauernd anfassen. Dann gestand er mir, wie sehr er mich vermißt habe. »Ich wäre nie gegangen, wenn es sich hätte vermeiden lassen«, sagte er. »Das verstehen Sie, nicht wahr?« Ich streichelte ihm über die Wange und sagte: »Aber das wissen Sie doch! Mr. Buschige Augenbrauen!« Dann küßten wir uns, und ich machte uns eine herrliche heiße Schokolade, die wir zum Plumpudding tranken. Wie lange er bei mir geblieben ist? Bitte sehr, eine ganze Woche! Ihr glaubt mir nicht? Das tut mir aber leid! Ist mir nämlich schnurzegal, versteht ihr? Glaubt doch, was ihr wollt! Jedenfalls blieb er eine ganze Woche, und wir liebten uns, wie Mann und Frau sich lieben sollen. Ich lag in seinen Armen, und Perry Como sang *Have Yourself a Merry Little Christmas*. Das war vielleicht komisch, denn um den Hals hatte ich eine Krause aus Rauschsilber hängen, und Terence nannte mich immerzu seinen »Weihnachtsengel«. Wir waren uns einig, daß uns Weihnachten die liebste Jahreszeit sei. »Solange ich lebe, will ich Weihnachten mit dir verbringen«, sagte ich, und er sagte: »Mein Schatz.« Ich weiß nicht, ob es der Glühwein war oder dieser alberne Song von Laurel & Hardy, *On the*

Trail of the Lonesome Pine, den er aufgelegt hatte, oder beides zusammen, aber am Ende des Abends war ich echt völlig aufgelöst und jedesmal, wenn sie sangen: *»On the Trail of the Lonesome Pine!«,* brach ich wieder in Tränen aus. »Patrick!« rief Terence. »Was in aller Welt ist denn mit dir los?«, und ich flüsterte mit erstickter Stimme: »Ach, Terence! Terence! Terence!«

Natürlich war es überhaupt nicht der Glühwein, wie mir albernen Gans hinterher aufging – es war die Musik, die mich an all die wunderbaren, fröhlichen Weihnachtsfeste erinnerte, die wir bei uns daheim in der Hundehüttensiedlung gefeiert hatten. (»Gott, was höre ich die mir gern an«, hatte Mami Schnurres immer gesagt – wie konnte es auch anders sein! – »den guten alten Stan Laurel & Oliver Hardy! Da habt ihr ja wieder mal eine feine Bescherung angerichtet! Himmel, aber sind sie nicht wunderbar, meine wunderbaren, liebevollen, hingebungsvollen, ganz besonderen Kinder!«)

Achtundzwanzigstes Kapitel
»Dancing on a Saturday Night«

Und dann denkst du: »Was ist doch diese Welt, durch die wir wandern, für ein wunderbarer Ort!«, und greifst ganz lässig nach der Zeitung, und – sieh mal einer an! – es ist wieder mal eine milde Nacht in der kleinen Stadt Belfast. Weswegen die Soldaten unterwegs sind und sich mal wieder so richtig vollaufen lassen wollen. Rosig und rotbackig verlassen sie die Kaserne, bummeln durch die Straßen und scheren sich einen feuchten Dreck um »diesen Scheißkrieg«, wie es einer von ihnen nennt, während er sich eine Kippe ansteckt. »Immer sind's die Politiker, die alles versaubeuteln! Die sollen sich gefälligst ins Knie ficken!« Genau das haben sie an diesem Freitagabend vor, als sie, mit bis zur Taille offener Hemdbrust, in die Disko hereinmarschiert kommen. Drei Pints Harp, und die Stroboskopkugel wirft ihr ultraviolettes Licht auf die aufgemotzten flotten Bienen, besonders die beiden da drüben in der Ecke, die den Soldaten schöne Augen machen – und brauchen die etwa lange, bis sie's merken? No, Sir! Im Handumdrehen sind sie bei ihnen, rücken Stühle heran, reiben sich die Hände und erkundigen sich, wie es den Mädchen so geht.

»Och, so ganz gut! Und euch?«

»Jetzt sind wir ziemlich gut drauf, ehrlich gesagt! Stimmt's, Kumpel?«

Die Antwort ist ein klares »Ja«.

Die Mädchen sehen wirklich phantastisch aus – todschick in ihren Rollkragenpullovern und Hochglanzminis, das Make-up wie mit 'ner Spachtel aufgetragen. Und das Parfüm! Puh! Und seht bloß, wie sie sich auf der Tanzfläche bewegen, trotz der Plateausohlen aus Kork!

»So – welche Musik findet ihr denn gut, Mädels?«

»Wir mögen Barry Blue!« rufen sie und hotten ab, daß es eine Freude ist.

Und Barry brüllt über die Stadt hinweg:

Pretty little girl with your dancing shoes
A gold satin jacket and a silvery blouse
And it'll be all right
Dancing on a Saturday night!

Well the jukebox is playin' like a one-man band
It's the only kinda music, girl, we both understand
And it'll be all right
Dancin' on a Saturday night!

Es herrschte ausgesprochene Bombenstimmung! Wie viele Wodkas jeder von ihnen getrunken hat? Das wußte keiner mehr! Sie wußten nur noch, daß die Mädchen die Nase krauszogen und sagten: »He, Jungs! Ihr seid ja ganz schön draufgängerisch, seid ihr! Aber ihr tut uns trotzdem gefallen! Habt's ihr vielleicht Lust auf 'n Bierchen woanders?«

»Klingt gut, Kumpel – oder? Aber wo kriegen wir um die Zeit in Belfast noch was zu trinken?«

»Ach, wir wissen zufällig, daß da jemand 'ne Party schmeißt. Stimmt's, Deirdre?«

»,Ne richtig hübsche kleine Fete!«

»Na, worauf warten wir noch! Gehen wir!«

* * *

Das Wohnzimmer, das sie betreten, ist sehr gepflegt, keine Frage. Auf Hochglanz polierte Anrichten und in der Ecke ein fabelhaftes Klavier aus Mahagoni.

»Genau die richtige Bude für ’ne Party!« sagen die Jungs, die Sixpacks auf den Schultern.

»Sieh mal einer an! Da gibt’s noch mehr zu saufen!« rufen sie, reißen einen Schrank auf und nehmen eine Flasche Wodka heraus, die sie mit den Mädchen verputzen wollen, nur daß da, als sie sich umdrehen, keine Mädchen mehr sind. Statt dessen sind da vier Männer, die wissen, das Ding, das sie drehen wollen, ist so todsicher, daß sie nicht einmal Masken aufgesetzt haben. Es ist eine Sache von Sekunden, danach ist das Wohnzimmer so ziemlich der letzte Ort auf Erden, wo ihr ’ne Party geben würdet. Im Kopf eines der Soldaten hallt ein schwaches Echo von Barry Blue wider.

»Verdammte Dreckskerle«, sagen die Männer, als sie den Ford Cortina anhalten und sie auf der Müllhalde abladen. Dann fahren sie zu einem Klub, einen heben.

Sie denken viel zuviel!

Das hat Terence gesagt. Daß ich viel zuviel über alles nachdenke, und natürlich weiß ich, daß er recht hat, aber was sollte ich sagen? Ich konnte schwerlich sagen: »Man darf das Leben nicht vertrödeln, Terence! Das Leben ist kostbar! Wem es geschenkt ist, der muß es hegen und pflegen! Darf's nicht vergeuden und vertun!« Dann hätte er nämlich gedacht, ich täte mir ja nur wieder leid und würde alles auf jenen Morgen vor Schnurres' Tür zurückführen. Aber ich tat mir gar nicht leid – ich war bloß der festen Überzeugung, wenn du jemanden zur Welt bringst, dann ist es deine verdammte Pflicht und Schuldigkeit, dich um ihn zu kümmern und für ihn zu sorgen! Und wenn du das nicht tust, dann bist du im Unrecht, wer du auch sein magst!

Es tat mir leid, daß ich Terence verärgert hatte, damals, als ich anfing zu weinen und zu jammern, daß Mami kein Recht hätte, mich zu verlassen und nicht zurückzukommen! Ich mache ihr ja keine Vorwürfe, daß sie verschwunden ist – aber sie hätte zurückkommen müssen! Sie hätte zurückkommen oder mir wenigstens schreiben müssen! Sie hätte sich nicht einfach so in Luft auflösen dürfen! Denn wie kann ich ohne sie in dieser Welt leben?

Und genauso, ganz genauso wäre es auch gekommen, wenn Martina Sheridan ein Kind gehabt hätte! Mehr wollte ich ihr gar nicht sagen. Ich wollte, daß sie zur Vernunft kommt, das war alles – denn ich wußte, daß es kein anderer versuchen würde!

Aus dem einfachen Grund, weil sie nichts begreifen! Keiner begreift, worum es geht! Sie begreifen's einfach nicht!

Begreifen

Die Episode mit Martina oder, wie man es wohl auch nennen könnte, »der Vorfall hinter der Molkerei« trug sich viel später zu – Anfang 1975, rund zwei Monate nach meiner Rückkehr aus England. Ich weiß, daß ich mich nicht sonderlich wohlgefühlt hatte, aber als »verrückt« oder so konnte man mich wahrhaftig nicht bezeichnen. Terence sagte, bei mir sei alles in Ordnung, ich sei nur so überempfindlich für alles um mich herum, und ich glaube, da hatte er recht. Im nachhinein war es vielleicht unvorsichtig von mir, in einem Kleid oder ähnlichen Klamotten herumzulaufen, aber ich machte mir solche Sorgen um Charlie und alles andere, daß ich einfach nicht daran gedacht habe. Ich meine, es war ja nicht so, als wär ich wie 'ne Nutte im Dorf herumgestöckelt – so war's nun wirklich nicht! Mir ging soviel durch den Kopf, denn nach Irwins Tod war Charlie in einer furchtbaren Verfassung, das kann man wohl sagen. Sie war von der Kunsthochschule geflogen, trank sich von morgens bis Mitternacht knülle und spielte total verrückt. Ihre Haut war vom Wodka ganz fleckig, und ihre Kleider fingen an zu stinken (als wir zusammenzogen, übernahm ich es, sie zu waschen). Es war wirklich ekelhaft, ich übertreibe nicht. Eigentlich fast unerträglich, bis sie sich langsam beruhigte und nachts wieder Schlaf fand.

Ich habe ganz vergessen zu erzählen, was mit Irwin passiert war. Als alle fanden, daß er genügend Informationen weitergegeben hatte – »lange genug gesungen«, wie sie sich ausdrückten –, nahmen Jackie und Pferd Kinnane ihn mit hinaus ins Torfmoor, wo sie ihn umlegten. Ich glaube, als Charlie ihn in dem schäbigen Overall sah, und am Kragen klebte noch ein Fetzen von dem

Müllsack, den sie als Kapuze benutzt hatten, beschloß sie, sich nicht länger zu verstellen. Sie ging einfach davon.

Im Rückblick muß ich zugeben, daß ich vielleicht zu überstürzt reagiert habe. Aber ich wollte Martina die Sache doch nur erklären. Ich wollte, daß sie endlich begriff.

Neunundzwanzigstes Kapitel
Der Vorfall hinter der Molkerei

Viele Leute behaupten, ich hätte ihr eine Ohrfeige verpaßt – habe ich nicht! Ich habe gesagt: »Hör zu, Martina! Ich will nur mit dir reden! Wenn du mich doch nur mal anhören würdest – ich verspreche dir, es dauert nur fünf Minuten!« Ich weiß, ich hätte so vernünftig sein müssen, sie nicht darum zu bitten. Aber jetzt war ich schon so weit gegangen, daß es kein Zurück mehr gab. Ich weiß nur noch, daß ich sie bei den Armen genommen und gesagt habe: »Martina! Da ist etwas, was du wissen muß. Die nutzen dich nur aus! Du bist doch erst fünfzehn! Glaubst du, es macht ihnen was aus, wenn du ein ungewolltes Kind zur Welt bringst? Du weißt doch, was sie wollen, oder? Du weißt ganz genau, was sie wollen!« Ich glaube, mehr als alles andere hat mich aufgebracht, daß sie Smigs' Namen rief. Ich hörte nur noch »Smigs! Smigs!«, und deswegen schüttelte ich sie. Ich meine, ihr habt ja keine Ahnung, was das für eine Type war! Einmal – nicht lange nach meiner Rückkehr nach Tyreelin – stand ich in der Schlange im Laden, und er hob mit einer Luftpumpe mein Kleid hoch. Ich war überzeugt, daß das ganze nur ein Spaß war, versteht ihr, daß die Leute sich längst an mich gewöhnt hatten. (Natürlich habe ich mich geirrt – das sehe ich jetzt sehr deutlich. Dieses »Hallo, honky tonks!« und »Ach, ihr seid's furchtbar!« hatte nur deswegen aufgehört, weil sie einfach gar nichts mehr mit mir zu tun haben wollten.) Was hoffentlich erklärt, weshalb ich mich umdrehte und ihn anlächelte. Es war ein breites, überhaupt nicht gekränktes Lächeln, aber als ich seinen Gesichtsausdruck sah, bekam ich's mit der Angst zu tun, und wie! Ich kann nur sagen, daß die Augen leblos wirkten – furchterregend leblos. Da wollte ich nur noch aus dem Laden rennen und mich tagelang im Haus einschließen. Nicht einmal Charlie davon erzählen. Mich in mein Zimmer einschließen und nicht mehr daran denken, hoffen, daß er von selbst weggehen würde, der Gedanke an sein Gesicht. Ihr könnt euch also vorstellen, wie mir zumute war, als Martina sofort damit anfing. »Smigs! Smigs!« – mehr kam nicht von ihr. Es ist mir egal, was für Lügen sie im Dorf über mich verbreitet hat – ich habe sie nicht geohrfeigt. Es war nur ein harter, fester Klaps, um sie zur Vernunft zu bringen, das ist alles.

Ich habe gehört, daß Smigs in eine Schlägerei im Sportzentrum verwickelt gewesen sein soll und jemandem mit einem Rasiermesser das Gesicht aufgeschlitzt hat. Das ging mir immer wieder im Kopf herum, als wir da hinter der Molkerei einander gegenüberstanden, beide kalkweiß im Gesicht.

»So hör mir doch zu, Martina! Halt dir den Tommy McNamee vom Leib! Hör auf mich, bitte!« flehte ich, aber sie wollte nicht. »Laß mich los«, sagte sie, »nimm deine Pfoten weg und laß mich in Ruhe, du verfluchte Schwuchtel!«

Da ging mir nur noch der Gedanke an Tommy McNamee im Kopf herum (ihr »Freund«, dabei war er seit zwanzig Jahren verheiratet, Himmel noch mal!), wie er langsam seine Jeans herunterläßt und ihr ins Ohr flüstert: »Du bist das süßeste Mädel im Dorf, Martina. Deine schönen blonden Locken bringen jeden Mann um den Verstand!«, und bei all diesen Schmeicheleien verfärben sich ihre Wangen scharlachrot – denn natürlich weiß sie es nicht besser. Wie soll sie auch? Woher sollte sie wissen, daß er nur auf sein eigenes Vergnügen aus war und hinterher davonstiefeln würde, um damit zu prahlen?

Während sie zurückbleibt – welches Wort beschreibt die Sache besser als »herrenlos«? – und verrückt wird vor Angst, ob ihre Regel kommt oder nicht. Und was am schlimmsten ist, am Ende entdeckt sie, daß in ihr schon ein winziges Baby wächst – und herausfinden, wer der Vater ist, wird sie nie. Als ich McNamee eines Abends zu ihr gehen sah, kostete es mich alle Kraft, nicht hinauszulaufen und zu rufen: »Laß sie in Frieden! Warum kannst du sie nicht in Frieden lassen?« Bei dem Gedanken an das unschuldige, leichtgläubige Gesichtchen brach mir schier das Herz.

Mir waren schon lange die begehrlichen Blicke aufgefallen, die er und andere ihr zugeworfen hatten. Einmal, als ich zu Mulvey's ging, um Geld zu wechseln, sah ich, wie sie sich über den Billardtisch beugte und einer von denen sich vor aller Augen abgeilte. Wie so viele junge Mädchen in ihrem Alter kriegte sie natürlich nichts davon mit. Vermutlich haben sie keinen Blick dafür. Bis es zu spät ist. Die Siedlung in Tyreelin ist voll von ihnen. Einige sind kaum über vierzehn, schieben schon Kinderwagen vor sich her und sehen Jahre älter aus, als sie sind. Und ihre Kinder! Wer könnte behaupten, die würden gut behandelt? Man erkennt sie an ihrem Teint – an der teigigen, haferbreifarbenen Hautfarbe, die sie alle zu haben scheinen. Abgestellt vor Bars, die Nase voller Rotz, kauen sie an den Fingern und stieren mit traurigen, alten, leeren Augen vor sich hin. Mit Augen, die sagen: »Wer hat mich lieb? Warum hat keiner mich lieb?« Und zwar nicht mit Gefühlen von der Sorte, die die leichtgläubige Martina Sheridan für echt hält. Hinter einer verfallenen Molkerei ein bißchen Gefummel und ein Stoß zwischen die Beine! So hatten sie sich das nicht vorgestellt, und so sollte es auch nicht sein! Das Leben ist rein! Kostbar! Man muß es hegen! Warum konnte Sheridan das nicht verstehen? »Warum hörst du mir nicht zu, Martina?« rief ich. »Wenn schon nicht dir, dann wenigstens deinem Baby zuliebe!«

Mir ging soviel durch den Kopf, daß es mir wie eine Ewigkeit vorkam, obwohl wir kaum länger als eine Minute hinter dem Schuppen gestanden haben. Ich hatte es geschafft, mich in Rage zu reden – jetzt weiß ich, wie dumm das war –, und wenn ich sie geschüttelt oder beschimpft habe, dann soll's mir aufrichtig leid tun.

Eine andere Dummheit, die ich gerne zugeben will – dabei weiß ich nicht mal, weshalb ich sie begangen habe; ich habe Terence gefragt, aber der war sich auch nicht sicher (»Vielleicht die Suche nach dem Ursprung des Lebens?« fragte er. »Um sie zu schützen, was meinen Sie?«): Nach Einbruch der Dunkelheit bin ich zur Molkerei gegangen und auf allen Vieren mit einer Taschenlampe herumgekrochen und habe nach Samenspuren gesucht. Vermutlich dachte ich, wenn ich keine finde, geht's mir besser, weil er dann vielleicht ein Kondom benutzt hat, wenn aber doch, geht's mir paradoxerweise immer noch gut, weil ich wenigstens die Wahrheit weiß. Ich weiß nicht recht, weshalb ich die Fassung verlor, als meine Hand Samenflüssigkeit berührte, die auf ein Ampferblatt gespritzt war – wahrscheinlich, weil es mir lächerlich vorkam, daß eine so winzige Menge Flüssigkeit soviel Kummer auslösen kann. Tut sie aber, wie ich schon immer gewußt habe, und deshalb gehört sie in eine Welt, die meilenweit von der Traumwelt entfernt ist, die ich für Terence aufgeschrieben hatte. Und von der er eine so hohe Meinung hatte – dergleichen habe er noch nie gelesen.

* * *

Was habe ich mich gefreut, als er das gesagt hat! Ich kann euch gar nicht sagen, wie sehr, denn mir hat es ja auch soviel bedeutet. Wißt ihr, was er gesagt hat?

Er hat gesagt, sie sei wunderschön, meine kleine Geschichte über zuhause.

Dreißigstes Kapitel
Chez nous

Es ist ein schöner, stiller Abend in der Gemarkung Tyreelin. Am Himmel stehen die Sterne, in den Häusern, die sich um den Dorfplatz drängen, leuchten bernsteingelb die Fenster, und aus den Kaminen steigen winzige blaugraue Rauchkringel auf. Hier in dem kleinen Cottage herrscht die friedlichste Stimmung. So überwältigend ist sie, daß man das Gefühl hat, als sei es seit Anbeginn der Zeiten so gewesen. Was wir vor uns sehen, ist ein schönes Cottage aus Stein, eigenhändig erbaut von einem liebenswürdigen, kräftigen Mann, dem Ehemann jener Frau, die gerade mit sanfter Stimme ihrem aufgeweckten kleinen Jungen vorliest, den alle Patrick nennen. Sollte das etwa Patrick sein – der berüchtigte Hüftenschwenker Pat Pussy, Sohn eines Priesters und ungezogener Nippellutscher einer Mama namens Louise Ward? Nein, das ist schlicht und ergreifend Patrick – Sohn eines Mannes namens Papi, der mit Riesenpranken diese Hütte stolz erbaut. Und seht euch die Frau an, wie sie langsam die Seiten umwendet! Ist das vielleicht die süße Eily, die einem ausgehungerten, lüsternen Gottesmann einst das Frühstück bereitet?

Aber nein, liebe Freunde! Eily, das mag schon sein, aber doch nicht die. Das ist Mami Eily, eine der schönsten Mamis, die je gelebt hat. Die mit ihrem Zauber jede Seite versüßt, die sie umwendet. »Jetzt hör mir zu«, flüstert sie, »ich will dir von einem kleinen Burschen vorlesen, der auf Reisen ging, der die ganze Welt durchwanderte, bergauf und bergab, aber immer mit seiner Mami an seiner Seite.« Leuchten Patricks Augen da nicht sternenklar? Und denkt er nicht: »Das ist meine Mutter. Sie ist die schönste Mutter, die es je gegeben hat, und ich würde umkommen, wenn ihr etwas zustoßen sollte.«

Aber natürlich wird ihr nichts zustoßen! Seht sie euch an, wie sie sich jetzt, über die Hände ein blaukariertes Tuch gelegt, dem Backofen des gußeisernen Küchenherds nähert und ein Blech mit dampfenden Apfelküchlein herauszieht! »Hurra!« ruft Patrick. »Apfelküchlein! Mein Lieblingsgericht!«

Herein kommt Papi mit wettergegerbter, schweißbedeckter Stirn, leckt sich über die Lippen und erklärt mit einem Rucken des schönen schwarzen Haarschopfes: »Holla! Was ist denn das? Was immer es ist – es duftet gut!«

Und dann setzen sich alle zu Tisch – Papi, Patrick und Eily, die wunderbeste Mutter von der Welt.

– Liebst du deine Mami? fragt Papi und lächelt.
– Und wie ich sie liebe, Papi, erwidert sein Sohn.
– Aber jetzt sag uns, warum!
– Weil sie meine Mami ist!
– Weil sie deine Mami ist!
– Die Brot backt!
– Brot!
– Und Brötchen!
– Und den Boden schrubbt!
– Und ihren kleinen Patrick liebt!
– Die beste Mama in der ganzen weiten Welt!

Und jetzt endlich kann der kleine Patrick einschlafen. Der gesündeste Schlaf eines Kindleins, seit unsere Welt ihren Anfang genommen. In der Ecke – die schemenhafte Gestalt eines Gemeindepfarrers, unter dessen geraffter Soutane seine riesengroße rote Flöte funkelt? Natürlich nicht, ihr Dummchen!

Die Silhouette eines aalglatten Mannes mit einer Garrotte aus Seide, der zu den Klängen eines Sommerliedes lächelt, während du dein Lebens aushauchst? Um Gottes willen!

Nein, nichts als Stille, und an der Wand ein gesticktes Bild mit den Worten *Chez nous* und verschlungenen blauen Blumen. Das ist unser kleines Heim. Nun schnarcht die Familie, und über allem schließt sich der Nachthimmel.

Und Patrick in seinen Träumen, der denkt: »Ich bin so glücklich, und ich danke Gott für dieses Geschenk, besonders aber für meine Mami.«

Einunddreißigstes Kapitel
Dann bin ich Louise davongerannt!

Weshalb ich unbedingt so blöd sein mußte, Louise alles zu erzählen, statt die Sache für mich zu behalten als das persönlichste, intimste Geheimnis, das sie war, begreife ich immer noch nicht; denn die brauchte es ja nun wirklich nicht zu wissen, der konnte es völlig gleichgültig sein. Bis dahin hatten wir uns nämlich großartig amüsiert, wirklich, und wenn ihr mir gesagt hättet, ich würde mich gegen sie wenden oder gar vor Aufregung zitternd und zeternd aus dem Haus rennen – hätte ich es euch nicht geglaubt.

Nicht, daß es bei uns nicht oft hoch hergegangen wäre, und ob es das tat! Sie kam mit diesem Blick zur Tür herein und krümmte den Zeigefinger, bis ich in meinen Shorts wie ein Lämmchen auf ihren Schoß kroch und sie »Mr. Wunderbar!« sagte und – eine glitzernde Träne in den Augen – mir übers Haar strich. Genau da mußte es natürlich passieren – ich meine, daß es mir herausrutschte. Als ich an Eily in dem Tanzsaal dachte, ging es mit mir durch. Benny Lendrum hatte mir erzählt, daß sie vor langer Zeit dort gewesen war, mit ihren herrlichen Krussellocken, der gelbkarierten Bluse und der weißen Caprihose, und kein Mann im Saal konnte den Blick von ihr wenden. »Das schönste Mädchen in der Stadt«, sagte Benny. »Die unvergleichliche Eily Bergin – da müßte sich die Frau aus *South Pacific* aber ganz schön abstrampeln, haben sie immer gesagt!«

Ich war ganz aufgeregt deswegen, denn wenn er das sagte, konnte niemand mehr behaupten: »Ach, schon wieder dieser Braden – phantasiert sich dumme Geschichtchen über seine Mutter zurecht, nur weil ein Priester sie gevögelt hat und sie Braden in einem Scheißpappkarton vor jemandes Tür ausgesetzt hat!« Das konnten sie jetzt nicht mehr sagen, denn wie ich da eines Tages im Jahre 1965 auf der Sitzbank vor dem Haus saß, hatte ich Benny das sagen hören, hatte gesehen, wie ihm die Wörter eins nach dem anderen über die Lippen kamen und glänzten wie Gold.

* * *

»Oh, Louise!« rief ich und schlang die Arme um ihren Hals (und zwar wie rasend, deswegen ist es mir ja auch herausgerutscht). »Ich kann dir gar nicht sagen, wie schön sie war!« Und sie sagte: »Psst!«, streichelte mir über den Hals und ließ mich natürlich weiterreden! Bis ich ihr alles erzählt hatte – alles!

* * *

»Warum nur habe ich mich verplappert, Terence? Warum habe ich mich verplappert?« So flehte ich ihn immer wieder um eine Antwort an. Aber Terence nickte nur und sagte: »Reden Sie weiter.«

Ich wollte ihm auseinandersetzen, daß ich Louise liebte, vielleicht war es keine reine Liebe, aber doch etwas Besonderes, weil sie so gut zu mir gewesen war und ich ihr als Shaunie natürlich nähergekommen war (ganz zu schweigen von all den Klamotten, die sie mir genäht hatte – Audrey Hepburn, Dusty, Diana Ross – ihr könnt euch nicht vorstellen, wieviel Mühe sie sich gemacht hat!). Aber sie wollte einfach nicht begreifen (warum nur konnte sie es nicht begreifen?), daß man gewisse Dinge einfach nicht tut, nicht tun darf, nicht einmal daran denken darf man. Warum begriff sie nicht, daß das etwas anderes war als die Sache mit Shaunie und Dusty und alles andere, was wir miteinander getrieben hatten, daß das, was ich ihr erzählte, allein mir gehörte und mir nie über die Lippen hätte kommen dürfen? Warum konnte sie das nicht verstehen, Terence? fragte ich. Nachdem ich ihm alles erklärt hatte, fragte er, war das das erste Mal, daß Sie gemerkt haben, wie Sie den Boden unter den Füßen verlieren? Und ich sagte ja, denn bis dahin hatte ich geglaubt, festen Boden unter den Füßen zu haben. Das war etwas, was ich schon immer gewollt hatte. Sagen zu können: »Hierher gehöre ich – in dieses Haus, an dem Wind und Wetter rütteln – nichts kann mich von hier vertreiben.« Statt dessen sollte mir das genaue Gegenteil widerfahren.

* * *

Als sie ins Zimmer trat, traute ich zuerst meinen Augen nicht. Ich spürte, wie meine Beine butterweich wurden, und lehnte mich gegen die Wand, für den Fall, daß ich zusammenbrach. Dann wurde mein Gesicht feuerrot, und ich fühlte, wie mein Speichel im Mund zu einer Art Marmelade wurde. »Gefalle ich dir?« fragte sie und begann, im Zimmer auf und ab zu gehen, mit unsichtbaren Rumbakugeln zu klappern und mit den Augendeckeln zu klimpern, wie sie es immer tat. Plötzlich war mir, als hätte ich mich wochenlang nicht gewaschen, und ich dachte: »Warum nur habe ich ihr von Mami erzählt? Warum mußte ich ihr das erzählen?«

Schnurres hatte die Angewohnheit gehabt, Zigarettenpapier anzuzünden und es zum Schornstein hinaus ins Freie fliegen zu lassen, wo es an den Sternen vorbei bis hin zu Pluto trudelte oder wo immer es hinwollte. So war mir jetzt zumute, als ich den verwischten Flecken Gelb (das karierte Hemd) und die wunderschön gestärkte weiße Caprihose sah. Sie strich mit den Händen darüber und sang: *»I'm gonna wash that man right outa my hair! I'm gonna wash that man right outa my hair!«*

Als sie, immer noch singend, ganz dicht an mich herantrat, hätte ich eine Staubflocke sein können, die von ihrem Atem hin und her gepustet wurde, aber nie wäre ich so weit fortgeschwebt, hätte sie nicht, als ich fragte: »Was tust du da? Louise, ich bitte dich – was tust du da?«, jenen Satz geäußert, die dann über ihre Lippen kam. Aber sie fuhr sich mit den Fingern durch ihre Krusellocken, warf den Kopf zurück und rief: »Endlich komme ich es holen – mein kleines Pappkartonkind!«

Terence sagte, daß von da an alles anders geworden sei. »Seitdem sind Sie nicht mehr ganz bei uns, stimmt's?«, und irgendwie hat er recht. Ich versuchte, ihm zu erklären, wie das war, als Charlie und ich, zwei winzige Figürchen auf einer Geburtstagstorte, weit draußen zwischen fernen Planeten durch den Kosmos walzten, *»watching the earth down below«* – nur daß es damals so schön war, als würde alles dir gehören.

Und jetzt war ich dort draußen, steuerlos, wußte nicht, wo meine Arme oder Beine anfingen, und schwebte im unendlichen Kosmos umher.

»Warum sonst sind Sie an dem Abend davongerannt?« fragte mich Terence. »Hat sie noch etwas gesagt?«

Deswegen war ich ja so todtraurig, als Terence sich verdrückte, ohne mir was zu sagen. Weil er meine Geschichte in- und auswendig kannte und begriff, weswegen ich zusammengebrochen war. »Ja!« stammelte ich unter Tränen. »Sie hat ›Frühstück‹ gesagt. Sie hat gesagt: ›Bitte bleib doch zum Frühstück noch da!‹ oder irgend so was Blödsinniges!«

Ich sah, daß er mich danach lange zärtlich betrachtete. Dann blickte er auf seinen Notizblock und sagte leise: »Das Wort ist Ihnen zuwider, nicht wahr?«

Ich nickte, und er rückte näher an mich heran und legte seine kräftige Hand auf meine. Vielleicht halten mich einige Leute – wie später Brendan Cleeve – für eine Art Triebtäter, weil ich so etwas sage. Aber nichts lag mir ferner als Sex, als ich dachte, wie kräftig seine Hand war. Es war, als würde sie mich drücken und sagen: »Jetzt sind Sie hier – haben Boden unter den Füßen! Und hier werden Sie stark sein! Denn hier bleiben Sie jetzt, Patrick! So werden wir es halten!«

Es war, als blickte ich durch eine Dachluke, und in der Schwärze dort oben schwebten Tausende und Abertausende von schwerelosen Zigarettenpapieren hin und her, aber diesmal gab es einen großen Unterschied – ich war keins von ihnen!

Es war das wunderbarste Gefühl, an das ich mich erinnern kann! Es wurde sogar noch schöner, weil Terence jetzt seinen Arm um mich gelegt hatte. Der große Terence mit den baumstarken Armen! Dessen braune Augen funkelten, als er sagte: »Ich möchte etwas über ihn erfahren, über den Mann, der Ihnen das Leben geschenkt hat! Über den Schweinepriester, den Sie so hassen, weil er Sie vor jemandes Tür ausgesetzt oder zumindest dafür gesorgt hat, daß es so weit kam! Darüber müssen wir etwas erfahren, hören Sie? Wir müssen es wissen – also setzen Sie sich hin und schreiben Sie, schreiben Sie, schreiben Sie – verflucht noch mal, schreiben Sie!«

Könnt ihr euch einen Arzt vorstellen, der flucht? Aber so war Terence nun einmal! Er packte mich mit seinen baumstarken Armen und durchbohrte mich mit seinem funkelnden Blick. »Werden Sie das tun?« fragte er. »Werden Sie das für mich tun?«

Ich dachte schon, ich wäre wieder im siebten Himmel!

»Ja!« rief ich. »Ja! Ja! Ja!«, und hätte ihn beinahe umgeworfen, so eilig hatte ich es, ein weiteres meiner berühmten Meisterwerke zu Papier zu bringen!

Zweiunddeißigstes Kapitel
Nächtliche Heimsuchungen
Von P. Braden, Krankenzimmer 7

Wie schwer fällt es doch dem jungen Seminaristen, nachts Schlaf zu finden! Besonders, wenn er fast den ganzen Tag auf dem Spielfeld zugebracht und im aufspritzenden Schlamm des Spielfelds endlose Runden gedreht hat, ganz zu schweigen von Gott weiß wie vielen Liegestützen. Und von der Seitenlinie brüllt Vater Joe McGeaney wie ein Wahnsinniger: »Himmel noch eins, werdet ihr wohl ein bißchen Einsatz zeigen! Wie in Gottes Namen wollt ihr mit St. Malachy's aus Magherafelt fertigwerden, wenn das eure Höchstleistung ist! Das ist ja, als würde man einem Haufen alter Weiber zuschauen! Football? Das ist doch kein Gälischer Football! Ich könnte auf der Stelle runtergehen zu den Erstkläßlern und mir zwei Bengel aussuchen, die ihre Sache besser machen würden! McAlinden! Wie nennst du so was! Nennst du das etwa einen Freistoß? Pack lieber auf der Stelle deine Koffer und verdrück dich nach Hause, zu deinem Vater auf dem Bauernhof! Du taugst gerade mal dazu, Kuhställe auszumisten, habe ich das Gefühl!« Danach sammelte der Mannschaftstrainer immer ein Kügelchen Rotz im Rachen, schob es ein paar Sekunden lang in den unteren Regionen seiner Mandeln hin und her und spuckte es mit solcher Kraft aus, daß es kreiselnd durch die Luft flog, bis es irgendwo vor ihm auf einer Hufspur oder einem Grasbüschel landete. Dann gestattete er sich ein feines Lächeln und entfernte sich, die Finger unter der schwarzen Soutane verschränkt, den priesterlichen Hintern hochgereckt wie ein Erpel. Denn natürlich scherzte er nur. Vielleicht war es kein richtiger Scherz, aber wenn er sagte, McAlinden tauge gerade mal dazu, Tierbehausungen zu reinigen, meinte er das ganz gewiß nicht ernst. Denn er wußte sehr wohl, daß Pat Joe McAlinden wenn nicht der beste und beständigste Spieler der Schulmannschaft, so doch derjenige war, auf den er am allerwenigsten verzichten konnte. Seit Beginn der Saison hatte er die anderen Spieler mitgerissen. Der Mann, der es – fast eigenhändig – geschafft hatte, daß sie ins Halbfinale des Leinster Cup gekommen waren! Welches natürlich genau an diesem Samstag ausgetragen werden sollte! War es da erstaunlich, daß alle nervös waren? Ein Wunder, daß Vater Joe seinen Footballstar nicht lauter anschrie! Schließlich mußte man aufpassen, daß die Jungs nicht zu selbstzufrieden wurden, stimmt's? Er hatte die Footballmannschaft des Priesterseminars lange genug trainiert und kannte die Fußangeln, die junge Männer wie McAlinden zu Fall brachten. Es wäre nicht das erste Mal, daß er zusehen müßte, wie seine jungen Schützlinge ihre Brillanz durch Arroganz untergruben – den Ball nicht abgaben, sich an gefühlvollen, überkomplizierten Spielzügen versuchten, wenn unzweideutiges Handeln gefordert war. Das würde er nicht zulassen, und wenn er die Jungs dafür hart anfassen mußte, so sei's drum. Und bei McAlinden hatte seine Taktik bis jetzt funktioniert. Als Vater Joe an den Torpfosten vorbeiging und seine Augen gegen die gleißende Sonne beschattete, um zu sehen, wo sich der Ball gerade befand, überlegte er, daß dieser Student, wenn er so weitermachte, durchaus ein geeigneter Kandidat für den Posten des Schulpräfekten war. Als dem Geistlichen dieser Gedanke kam, durchzitterte ihn ein leises Gefühl des Stolzes, denn man konnte wohl sagen, daß eine solche Beförderung, wenn es denn dazu käme, in nicht geringem Maße der Festigkeit und Weitsicht seiner Erziehung zu verdanken war.

Gutgemacht, Donegan! Hast du den Ball gesehen? Eine Bogenlampe, die dem Torwart beinahe aus der Hand gerutscht wäre! Was, wenn sie am Samstag so einen Schuß hinkriegen würden! Das Gesicht, das Vater Jack McManus machen würde, würde er gern sehen! Vater Jack war der Trainer von St. Malachy's oder St. Mal's, wie sie für die Dauer der Meisterschaft genannt wurden. Wenn alles vorbei wäre, würde er Vater Joe die Hand schütteln müssen: »Die hohe Bogenlampe des jungen McDonagh hat uns den Rest gegeben! Alle Achtung, Vater Joe und Seminar! Aber ihr seid dreimal verflucht, daß ihr unsere Chancen zunichte gemacht habt!«

Wie er so neben dem Torpfosten stand, zitterte Vater Joe vor Aufregung. Er ließ in seinen schlammbedeckten schwarzen Schuhen die Zehen spielen und wippte gleichzeitig auf den Hacken. »In den Torraum!« brüllte der junge Mike McQuillan. Seine Stimme echote übers Spielfeld, und der durchnäßte Ball landete direkt in seinen ausgestreckten Armen. »Was für eine starke Truppe!« dachte der Priester. »Eine solide Mannschaft von einsatzfreudigen Burschen, die beste, die dieses College je durchlaufen hat!« Was wohl der Wahrheit entsprach, denn Vater Joe konnte sich nicht erinnern, wann es eine Collegemannschaft das letzte Mal bis zur Leinster-Meisterschaft gebracht hatte. Und für die Moral des Seminars hatte es Wunder gewirkt! Es war erstaunlich, wie sehr ein sportlicher Erfolg bei kontemplativen jungen Männern Kameradschaft und Mannschaftsgeist beflügeln konnte. Als strahle das gesamte Gebäude ein spirituelles elektrisches Licht aus, das über das träge, schläfrige Land hinwegleuchtet. Mit jedem festen Tritt des Balls erklang die Stimme eines jungen Mannes: »Wir werden euch führen! Wir, die heiligen und hingebungsvollen jungen Männer dieses Seminars, werden hinausziehen und euch, dem unermüdlich tätigen Bauernvolk unserer kleinen Grafschaft, den Weg zu Frieden und Liebe weisen in der Gemeinschaft des Heiligen Herzens Jesu!« Vater Joe war so zufrieden wie schon lange nicht mehr. Als er im peitschenden Wind stand, betete er stumm zum hl. Joseph von Copertino, der strenggenommen der Schutzpatron der Prüflinge war und sich nicht mit Sport befaßte, für den der Priester aber stets eine besondere Vorliebe empfunden hatte, daß sie am kommenden Samstag im Footballstadion von Borris-in-Ossory mit einem erheblichen Torvorsprung den Sieg erringen möchten.

Dem neunzehnjährigen Studenten und Footballspieler Bernard McIvor aus der Gemarkung Drumaloon, Tyreelin, ging, als er nach dem Abpfiff auf die Seitenlinie zulief, derselbe Gedanke durch den Kopf. Im Geiste spielte er so viele Möglichkeiten und Torverhältnisse durch, daß er ganz erschöpft war. Doch wie sein Freund Dermot Faughnan unter der Dusche bemerkte, während die nadelspitzen Wasserstrahlen dampfend auf sie niederprasselten und von ihren glänzenden Körpern abprallten: »Bernard, am Samstag können wir nur eines tun: mit Leib und Seele bei der Sache sein und unser bestes geben, stimmt's?«

»So ist es, Dermot«, erwiderte der Seminarist und seifte sich die Unterseite seines Geschlechtsteils ein, wobei er instinktiv das Gesicht abwandte, wie er es immer tat, damit er in dieser Körpergegend nicht wieder jene schwellende Bewegung auslöste, die er bei sich immer »unanständig« nannte. Und gegen die das Footballspiel ein wunderbares Mittel war, denn wenn man in die Luft sprang, um den geschnürten Lederball zu fangen, der oft vor Nässe glitschig war (aber wen juckte das?), dachte man nicht mehr an Mädchen in durchsichtigen Kleidern oder an reife Frauen im Mieder, die des Nachts kamen und die Lippen öffneten, um einem Dinge zu sagen. Dinge, die man nicht hören wollte. Dinge, die sie natürlich ganz harmlos fanden. Zum Beispiel: »Hallo, Bernard!« oder »Das ist aber still hier, Bernard. Ich meine, im Schlafsaal!« Dabei waren sie verschlagen; taten so unschuldig, daß man nie antworten konnte: »Jetzt hören Sie aber auf! Ich weiß, was Sie vorhaben! Ich weiß, was Sie vorhaben, Miss! Oder Missis!« Die drehen sich um und versuchen einem die Schuld zuzuschieben, falls ihr versteht, was ich meine! Und behaupten: »Was? Aber ich habe doch gar nichts gesagt! Himmel noch mal, was ich gesagt habe, war doch vollkommen harmlos! Du kannst dich doch nicht umdrehen und mir die Schuld zuschieben, nur weil deine Flöte sich berufen fühlt, mich zu grüßen!« Was nicht sehr nett war – nun ja, vielleicht nicht so sehr »nicht nett« als vielmehr nicht fair. Es war nicht fair, Bernard solche Dinge zu sagen, wenn er ganz allein im Bett lag und sich überdies nicht wehren konnte. Schließlich stand er hier nicht dem Verteidiger von St. Malachy gegenüber oder dem angeblich glänzenden Flügelstürmer Matt McGlinchey! Mit denen wäre er mühelos zurechtgekommen! Hätte ihnen den Ball abgenommen und wäre wie der Wind davongerannt! Aber wenn jemand vor einem stand, einfach so dastand und sagte: »Hallo, Bernard!«, was sollte man da tun, besonders wenn eine leichte Brise den durchsichtigen Stoff anhob, und man sah – o Gott! Oh nein! Gott steh mir bei! O Jesus Christus!

* * *

Daß Seminaristen bereits einige Minuten vor dem Geläut der Morgenglocke erwachen, ist durchaus nichts Ungewöhnliches. Es ist eine Gewohnheit, die sie angenommen haben. Eine gute Gewohnheit, gewährt sie dir doch Zeit, über den bevorstehenden Tag zu meditieren. Eine kurze Besinnungspause, in der du persönliche Zwiesprache mit dem Heiland hältst, dem du ja dein Leben geweiht hast. Doch in diesem Fall gilt das alles nicht, denn Bernard ist nicht erst seit einigen Augenblicken wach, sondern schon seit drei Uhr morgens. Und er ist in schlechter Verfassung, fürchte ich. Als wäre sein Leben in eine neue, potentiell tödliche Phase eingetreten. Denn wenn schon die nächtlichen Heimsuchungen in Mieder und durchsichtigen Kleidern tiefes Entsetzen ausgelöst hatten, das er auf so vielen Footballfeldern mit mannigfaltigen stierähnlichen Angriffen im Wind tapfer zu bekämpfen versuchte, welche neuen Strategien konnte er dann anwenden, um sich der Ränke jener einen zu erwehren, in deren schwarzen Strudelaugen er so verzweifelt geschwommen war, nein, gezappelt hatte. Und die mit den Worten »Morgen nacht zur gleichen Zeit, Süßer!« wie eine Schlange aus seinem Bett geglitten war und wieder unter dem Kruzifix des Erlösers verschwunden war; dieser tadelte ihn von der kahlen Wand herab mit großer Traurigkeit, bevor er noch die Worte herausbringen konnte, die er ihr hatte sagen wollen: »Nein! Morgen nacht nicht! Nie wieder! Bleib weg! Bleib für immer weg!«

War es da ein Wunder, daß seine Bettlaken vollkommen durchnäßt waren von Schweiß und anderen unaussprechlichen Korpersäften? Nicht zuletzt von jenen Tränenergüssen, die gar nicht mehr versiegen wollten, als würden sie dem Untergang ganzer Kontinente gelten. »Warum? Warum? Warum?« ging er mit sich ins Gericht, wahrend er sich mit einer zusammengedrehten Spitze des durchweichten Bettlakens die feuchten Augen tupfte.

»Weil du versagt hast!« erwiderte der Erlöser mit steinerner Miene, die einem das Blut in den Adern gefrieren ließ, so selten sah man sie auf diesem selbstlosen Antlitz. »Weil du moralisch gesunken bist!« Und ob in einem einsamen Schlafsaal oder sonstwo, kein Säugling hat je so geweint wie dieser junge Mann namens Bernard McIvor, der einstmals darauf gebrannt hatte, Priester zu werden. Der von jenem Tag an alle seine Kräfte sammelte, um die seidenweichen Erscheinungen zu bannen, die spätnachts geschlichen kamen, mit ihren teichgroßen gespenstischen Augen zwinkerten und flüsterten, und der sich zu diesem Zweck seitdem fast ganz der Andacht und der geistlichen Lektüre *(Selbstbeherrschung und Entsagung. Ein Handbuch für Geistliche)* widmete.

* * *

Was aber alles nichts nützte, als eines bitterkalten, ganz normalen Morgens seine neue junge Haushälterin, die Ähnlichkeit mit Mitzi Gaynor hatte (was er natürlich nicht ahnte, er wußte gar nicht von der Existenz dieses Filmstars! – Musicals? Ein Anlaß zur Sünde!), sich über den Tisch beugte, um ihm sein Frühstück zu servieren (Ah! gebratener Speck! Und Eier! Himmlisch!) und in der Hose aus Serge wieder einmal eine atomare Explosion auslöste, mit dem Resultat, daß seine geistliche Lektüre überhaupt nichts nützte, ein Gedanke, der auch dem Mädchen mit dem Lockenkopf gekommen sein dürfte, das sich jetzt, an die Wand gedrückt, fragte, was eigentlich da unten an der Stelle vor sich ging, an der sie sich nur wenige Augenblicke zuvor befunden hatte und über der sie jetzt schwebte!

* * *

Als Terence hereinkam, brüllte ich gerade seinen Namen (Papi – Bernard – nennt ihn, wie ihr wollt), riß das Papier in Fetzen und rief: »Verdammt, den bringe ich um! Ich schneide ihm seinen Schwanz ab und brenne seine Kirche nieder – mit ihm drin!«

Das Blut in meinem Kopf pochte so heftig, daß ich schon dachte, ich hätte eine Gehirnblutung. Wenn nicht Terence mit seinen baumstarken Armen dagewesen wäre, hätte ich womöglich eine gehabt! Er machte mir einen Tee, beruhigte mich und sagte mir, was ich lernen müsse.

»Sie müssen lernen zu verzeihen«, sagte er. »Denn Sie wissen, was passiert, wenn Sie das nicht tun?«

»Was, Doktor?« krächzte ich, ganz erschöpft von meinem Gefühlsausbruch.

»Es wird Sie vernichten«, sagte er und reichte mir meinen Tee.

Als er das sagte, traten mir Tränen in die Augen, denn ich wußte, er hatte recht, und ich hätte es ja auch liebend gern getan (nicht, damit es mich nicht vernichten konnte, sondern weil es, wie ich in meinem tiefsten Innern wußte, das einzig Richtige war), aber ich brachte es nicht fertig, und je mehr ich daran dachte, desto rascher sauste das Blut durch meinen Kopf, so daß ich, wann immer ich schreibe, den Bleistift so fest umklammere, daß ich die Mine ich weiß nicht wie oft zerbrochen habe, Hunderte von Malen.

Dreiunddreißigstes Kapitel
Eine Novembernacht vor langer Zeit

Mr. und Mrs. Johnny Bergin liebten den Samstagabend. Besonders im November, wenn man auf den Rauhreif hinaussehen konnte, der die schöne Landschaft erstarren ließ, und man bei sich dachte: »Ist es nicht herrlich, hier vor dem lodernden Kaminfeuer zu sitzen, Radio zu hören und sich um nichts sorgen zu müssen, weil man ja zur Beichte gewesen ist und der liebe Herrgott auf einen herabblickt und denkt: ›Das sind die Bergins – an denen ich mein Wohlgefallen habe!‹«

Was auch nur recht und billig war, denn in ganz Tyreelin hätte man keine netteren, anständigeren Leute finden können als die Familie Bergin. Wenn Mr. Bergin im Lehnsessel saß, fielen ihm fast die Augen zu, teils weil ihn die züngelnden Flammen auf dem Kaminrost hypnotisierten, teils weil er den ganzen Tag über schwer gearbeitet hatte in der neuen Siedlung, die am Rande des Dorfes entstand. Mrs. Bergin lächelte, als sie zu ihm hinüberblickte, dann wandte sie sich wieder der Lektüre des *Sacred Heart Messenger* zu. Sie las in den Gedanken des hl. Antonius. Er war ihr der liebste Heilige. Gott allein wußte, wie viele Gebete sie im Lauf der Jahre an ihn gerichtet hatte. Und nicht eines davon hatte sie je bedauert, wie sie oft ihren Nachbarinnen gegenüber bemerkte: »Jede Sicherheitsnadel, die ich verloren habe, jeder Schilling, jedes Gebetbuch – der gute St. Antonius hat mir stets geholfen, sie wiederzufinden.« Als sie jetzt wieder daran dachte, legte sie die Hände in den Schoß und flüsterte stumm ein weiteres Gebet. Draußen schlug ein Hund an, dann war alles wieder still im Dorf. Sie lächelte in sich hinein, als sie ihre einzige Tochter oben herumgehen hörte, und mußte an ihren kleinen Buben James (wie sie ihn genannt hätten) denken, der ein Jahr vor Eileen totgeboren worden war. Wie schön wäre es gewesen, die beiden miteinander aufwachsen zu sehen, James mit seinem Gälischen Football und Eily (wie jeder sie zärtlich nannte) mit ihrer Musik. Denn Musik liebte sie über alles. Wie ihr Mann Johnny oft gesagt hatte: »Ich begreife nicht, daß sie darüber nicht wirr im Kopf wird! Ich könnte mir so was nicht anhören!« Aber es war schließlich ihr Leben, nicht wahr? Sobald sie ihre Hausaufgaben erledigt hatte, stieg sie geradewegs die Treppe hinauf, um ihre Schallplatten aufzulegen, die sie für einen Schilling sechs Pence bei McKeon's erstand, und ihre Illustrierten durchzublättern – *Picturegoer, Screen Parade, New Faces of the Fifties*. Gott segne uns, wo hat sie die nur alle her? Aber die richten ja keinen Schaden an. Hatten die Nonnen ihr nicht gesagt, daß Eily womöglich zur Universität gehen könnte, wenn sie sich weiterhin so auf ihre Schularbeiten konzentrierte, und wie viele Mädchen aus Tyreelin hatten das je von sich behaupten können? So nähte und stopfte Mrs. Bergin denn einfach weiter, wenn über ihr die Dielenbretter knarrten und Vic Damone *Stay With Me* oder *On the Street Where You Live* sang, und sie sagte sich: »So ist unsere Eily.« Was sie auch dann sagte, wenn eine Nachbarin gelegentlich bemerkte: »Haben Sie denn nichts gegen diese Tanzveranstaltungen jeden Donnerstag, Mrs.?« »Nein«, antwortete sie dann. »Denn so ist unsere Eily.« Die, seit sie laufen gelernt hatte, noch nie ein böses Wort zu ihrer Mutter gesagt hatte. Und die nicht eine Sekunde lang zögerte, als Schwester Lorcan ihr von Mrs. McGlynns Mißgeschick berichtete (»Und da ist sie doch den Hügel von der Pfarrei heruntergekommen – du weißt ja, wieviel Frost wir hatten – und vor dem Tor von Pat

McCrudden ausgerutscht und hingeschlagen!«), sondern sich bereit erklärte, ihr zu helfen und für die Haushälterin des Priesters einzuspringen. Sie hatte sogar gemeint, sie würde sich sehr freuen, Vater Bernard in Mrs. McGlynns Abwesenheit zu betreuen – zumal es ja nur darum ging, ihm das Frühstück zu bereiten und einige andere Haushaltspflichten zu übernehmen.

Was sie jetzt natürlich zutiefst bereute. Nur, daß ihre Mutter davon nichts wußte. Allerdings war ihr aufgefallen, daß ihre Tochter das Interesse am Schallplattenkauf verloren zu haben schien und auch nicht mehr zu den Tanzveranstaltungen ging, für die sie früher ihr Leben gegeben hätte. Eily schienen seitdem beinahe tausend Jahre verflossen zu sein, obwohl es nur um wenige Monate her war, daß sie, den Hauskittel unter ihrem schwarzen Mantel und das karierte Tuch auf dem Kopf, über die Dorfstraßen geschlendert war und gedacht hatte: »Wenn ich alles Geld spare, das Vater Bernard mit gibt, kann ich mir die Top Ten in der Hitparade kaufen.« Und wer weiß – vielleicht sogar die Langspielplatte mit der Filmmusik von *South Pacific!*

»Ich liebe Rosanno Brazzi«, sagte sie zu sich, als sie an Mulvey's Pub vorbeikam. »Ich liebe ihn, und ich liebe seine Musik.«

Und diese Musik sang sie auch, als sie in der Küche der Pfarrei im schaumigen Seifenwasser des Handwaschbeckens nach ihrem abgebrochenen Fingernagel fischte. »Schließlich wollen wir ja nicht, daß er ins Frühstück von Vater Bernard gerät!« lachte sie vor sich hin. In diesem Augenblick spürte sie, wie dieser sie im Vorübergehen ganz leicht mit den Fingerspitzen streifte, aber nie wäre ihr der Gedanke in den Sinn gekommen: »Ich weiß, was das zu bedeuten hat! Es ist nur ein Vorspiel zu dem, was gleich im Wohnzimmer passieren wird, wenn er mit seinem riesengroßen, grellroten Stengel hinter mir her ist!«

Wie sollte sie auch? Was allerdings trotzdem schade ist, denn sonst hätte sie wenigstens verstanden, was vor sich ging, als sie da gegen die Wand gedrückt wurde – und ein vierzigjähriger Geistlicher seinen Dödel mit einem Affenzahn in sie hinein- und aus ihr herausgleiten ließ. »Wer ist dieses Mädchen?« fragte sie sich, als sie von oben auf das Geschöpf niederblickte, dessen Kopf dauernd gegen das Tischbein schlug. Sie selbst war es nicht, das stand fest, denn sie flehte: »Hör auf! Hör auf!« Offensichtlich war es jemand anders, jemand, der aussah wie sie. Sie hoffte, daß es sie nicht zu sehr durcheinanderbringen, daß sie es nicht eines Tages bereuen würde. Denn Eily wußte, diese Art Benehmen war ganz dazu angetan. Ihre Mutter hatte es ihr gesagt. Natürlich nicht so deutlich. Und besonders, ganz besonders bei einem Priester – selbst wenn der Priester schuld war. Eily konnte nur denken: »Bin ich froh, daß ich das nicht bin!« Denn sie bewahrte sich für die Ehe auf. Sie mochte noch so sehr auf Tanzveranstaltungen herumhopsen – die Ehe war für sie etwas Reines, Sauberes und Gesundes. Engelrein. Überhaupt nicht so wie das, was Vater Bernard da gerade trieb. So war es überhaupt nicht. Warum machte er das nur? fragte sie sich. Als sie sah, wie er einfach weitermachte, mußte sie weinen.

Aber nicht so sehr wie später, als sie begriff, um wen es sich handelte – daß es die ganze Zeit sie selbst gewesen war. Ihr könnt euch vorstellen, was für einen Schock sie da bekam. Sie weinte: »Oh, das Mädchen, das bin ja ich!« Und dann natürlich, als das Baby kam – das war der größte Schock von allen!

Wie's gewesen wäre, wenn ihre Mami Bescheid gewußt oder irgendwie hinter ihre weiten Kleider geblickt hätte, konnte sie nur ahnen. Im Geiste hatte sie das ja auch schon schon viele Male getan – hatte ihre Mutter in der Menschenmenge auf dem Dorfplatz gesehen, alle Gesichter von einem Haß verzerrt, den sie noch nie zuvor erlebt hatte. Und ihre Mutter stimmt in die Rufe der anderen ein: »Hängt sie auf! Hängt sie auf, die Schlampe!«, und schon baumelt Eily Bergin an einem Laternenpfahl. Das war natürlich albern. So etwas würde nie geschehen! Es war nur ihre überreizte Phantasie! Was sollte sie tun? Hysterisch dachte sie: »Was soll ich tun? Soll ich's vielleicht mit einem hölzernen Löffel auskratzen?« Da mußte sie lachen. »Womöglich kriege ich nur sein Auge zu fassen«, sagte sie und spuckte Auswurf in ihre Hand.

Am Ende glitschte das Kind mühelos aus ihr heraus. Und zwar an jenem Novemberabend, als Mr. und Mrs. Bergin behaglich vor ihrem schönen Kaminfeuer saßen. Nicht genau um diese Zeit, sondern ein paar Stunden später, in den frühen Morgenstunden. Worüber Eily nicht hinwegkam – erst ist da gar nichts, und plötzlich ein ganzer neuer Mensch! Mit kleinen dünnen Ärmchen und kleinen dünnen Beinchen und weichem braunem Haar und einem ovalen Gesicht! Und sieht zum Knuddeln aus! »Ich will ihn behalten! Ich will mein Baby behalten!« wollte sie schreien. Aber das konnte sie ja nun wirklich nicht tun!

Jedenfalls hatte Vater Bernard ihr gesagt, was zu tun sei. Am Ende war er so nett und gütig gewesen. Anfangs hatte er sich eklig benommen. »Du wirst es nicht behalten! Bist du verrückt geworden?« hatte er wie ein Stier gebrüllt. Sie glaubte schon, er wolle sie schlagen. Besonders, als sie zu weinen begann.

»Hör auf! Hast du gehört? Hör endlich auf zu weinen!« Er mußte sie ganz schön schütteln, bis sie aufhörte! Es war ja auch wirklich albern von ihr – inzwischen wußte sie das. Immerhin war sie sechzehn. Es wurde Zeit, daß sie Vernunft annahm.

Was sie jetzt auch tat, als sie wieder einmal durch die Straßen schlenderte, diesmal jedoch mit dem Baby unterm Arm – in einem Pappkarton. Natürlich hatte sie eine Heidenangst, sie könnte jemandem begegnen – etwa Sonny Macklin auf dem Weg zur Arbeit. »Wo willst du denn mit dem Karton hin, Eily?« Oder noch schlimmer, wer weiß? »Laß doch mal sehen, was du da drin hast!«

Es fiel ihr schwer, nicht zu weinen, aber sie hatte eine Menge Papiertaschentücher mitgebracht, und außerdem war's, als sie vor Mama Bradens Haustür ankam, schon nicht mehr gar so arg. Die meisten Tränen waren getrocknet. So stellte sie das Baby in seinem Karton ab und verschwand spurlos. Aber wohin? Keiner weiß es! Kam sie bei einem Autounfall ums Leben? Sank die Fähre nach Holyhead? Es ist und bleibt ein Rätsel!

Der arme alte Mr. Bergin – er hat den Verstand verloren, wißt ihr das? Wenn ihr ihm bei einem Spaziergang begegnet, unterhält er sich mit einer Kuh: »Ich weiß nicht, ob ich's Ihnen schon gesagt habe oder nicht, aber meine Eily – sie ist ganz versessen auf Popschallplatten. Gott steh uns bei, wenn man sie so in ihrem Zimmer herumtanzen sieht, fragt man sich: ›Was soll aus dieser Welt noch werden?‹«

Mrs. Bergin dagegen quälte sich nicht mehr so lange, und als ein Gehirnschlag sie hinwegraffte, sagten alle, es sei gut so, was ja irgendwie auch stimmte.

Dieser Morgen, besonders die Zeit zwischen drei Uhr und drei Uhr zwanzig, war also für niemanden das, was man einen guten Morgen nennt.

Außer natürlich für die Haarige Ma – Mrs. Braden, die Babyzüchterin. Für sie bedeutete es zwanzig Pfund im Monat, manchmal sogar fünfundzwanzig!

Nicht, daß die Haarige Ma sich je dankbar gezeigt hätte. Die zog ihren Schlüpfer hoch und warf ihren mit Brandlöchern übersäten Morgenmantel über, bevor sie die Tür aufriß. Dann hob sie den Pappkarton auf und pfiff im Stehen durch ihre hohlen Zähne: »Schon wieder so ‹n Blag von ‹ner Bettelhure!« Und die arme Muschi machte: »Miau!«

Vierunddreißigstes Kapitel
Leben und Wirken von Pat Puss, Nutte

Wie sie's jetzt für alle und jeden tat, so himmelhoch high war sie, seit sie Louise verlassen hatte, daß sie offensichtlich ohne Unterbrechung anschaffen ging! »O bitte, bitte, kauf mir Chanel!« säuselte sie dann etwa zu einem Trumm von einem Mann, wenn sie mit Bargeld überschüttet wurde und ihre schwarzgeränderten Augen sich verschleierten vor Verlangen. Und sie schlüpfte in Hüfthosen, Blousons oder Milchmädchenmaxis, daß dem armen Mann ganz anders wurde! »O miau, Süßer!« rief sie. »Du bist so lieb zu Pussy, daß ich dich wirklich und wahrhaftig anbete, wie keine Frau es je getan hat!«

Und so ging‹s klirrend-kirrend jede Nacht; mit einem Hauch von No. 5 (»Mensch! Du magst dein Parfüm aber!« sagte er oft) und in Schaftstiefeln kam sie herbeigetrippelt, den Bubikopf à la Audrey Hepburn mit Festiger eingesprüht. So himmelhoch high war sie – bitte sehr, was liegt denn da so viele Meilen unter mir? »Nanu, mich dünkt, es ist die Stadt London!«, die da blinkt und versucht, mit ihren Signalen zur süßen Pussy durchzudringen, und sagt: »Komm zurück auf die Erde!« Aber nein! »Mich dünkt, davon hab ich genug!« ruft sie –, daß sie nie so richtig begriff, daß Irwin tot war, selbst als sie am Telefon mit Charlie sprach. Obwohl sie es viele Male gehört hatte, denn Charlie mußte es immer wieder sagen. Wie sie es seit seinem Tod getan hatte, denn sie war ziemlich ausgerastet!

»Ich seh dich bald, Liebe!« sagte Muschi, mehr nicht. »Ich muß jetzt gehen – ein Freier wartet! Tschüßchen!«

Man muß sich schon fragen – war Muschi etwa auch nicht mehr ganz bei Trost, sondern da, wo alles durcheinandergeht, wo‹s keine Regeln gibt? Die Frage muß man sich stellen!

Wie es unser liebster Terence tat (das Schwein! Na, dann geh doch – verlaß mich! Nein, das habe ich nicht so gemeint!), der sagte: »Dann leben Sie jetzt allem Anschein nach als Frau?«

»Eklige Slips habe ich noch nie angehabt, falls Sie das meinen, mein Süßer!« erwiderte Muschi und prustete, wie sie das immer tat. Ihr Kopf war federleicht.

»Manchmal bitten die mich, daß ich ihnen meine Dusty-Nummer vorführe.« Sie lächelte, verdrehte die Augen und war neugierig, ob Terence ebenfalls darauf abfuhr. »Ich tanze für sie und säusele ihnen mit heiserer Stimme was vor, bis sie nicht mehr können. Und manchmal…«

»Manchmal?«

»Na ja, dann bin ich 'ne richtige alte Nutte!«

Da liefen Terence' Wangen rot an. Ja! Taten sie wirklich!

Das machte mir Mut! Ich ging zu ihm und streichelte seine Wange. Dann senkte ich die Lider und flüsterte mit verführerischer Stimme: »Bevor ich Bombenlegerin wurde, natürlich!«

Ich konnte das Lachen kaum unterdrücken – weil er es so ernst nahm! Was er natürlich mußte – und ich ja eigentlich auch –, immerhin haben einige Leute Augen und Gliedmaßen eingebüßt!

Aber ich konnte nicht mehr. Pussy als Bombenlegerin – ich mußte mir vor Lachen die Seiten halten!

Fünfunddreißigstes Kapitel
Nachsitzen in der Schule von Dr. Vernon
Ende Oktober 1974

Es ist vier Uhr nachmittags in der Hotelschule Earl's Court, und Dr. Vernon ist ungehalten. »Ich habe dir ausdrücklich gesagt, du sollst um Viertel vor vier hier sein!« sagt er zu Mandy – natürlich seine Schülerin –, die beschämt zu Boden schaut.

»Ja«, erwidert sie. »Ich weiß. Ich weiß ja, Dr. Vernon. Aber...«

»Kein Aber!« zischelt er und sieht so verärgert aus, daß man für den Bruchteil einer Sekunde nicht weiß, ob er ein neuer Silky String ist. Ach nein, bitte nur das nicht!

Aber glücklicherweise ist es nicht der Fall. Denn jetzt intoniert er gebieterisch: »Du weißt ganz genau, daß an der Earl's Court Academy die Strafe für Säumigkeit das Erdrosseln mit dem Ligaturfaden ist, oder etwa nicht?« Oh nein! Aber es sollte anders kommen...

* * *

Dr. Vernon ist viel netter, als der alte Silks je hätte sein können! Er gibt dir nur eine Strafarbeit auf – hundert mal denselben Satz. Und läuft, während du ihn schreibst, auf und ab.

Ich darf keine böse Mandy sein.
Ich darf keine böse Mandy sein.

Und was macht er dann? Führt dich groß aus, ins Restaurant, zum Spachteln, mmmh!

Und dann zu Harrods, wo er dir Hunderte von flauschigen Frou-Frous kauft, darunter einen weißen Pelz mit dem kürzesten kleinen Schwarzen, das man je gesehen hat – ganz zu schweigen von dem göttlichsten Chanel-Kostüm, Schuhen von Saxone und einer entzückenden Bluse aus weißem Satin! Hach, wie du da jubelst! Wie du quiekst vor reinem Entzücken!

Dann machst du einen törichten Fehler – ziehst bei dem dummen alten Vernon ein! »Ich will dein Ehemann sein!« Der große alte Idiot! Nach einer Weile konnte ich ihn nicht mehr ausstehen! »Wollen wir zu Sainsbury's? Das wäre doch aufregend! Oder soll ich lieber den Wagen waschen? Ja – das werde ich tun!«

Ach, was bin ich doch für eine trübe Tasse geworden! Deswegen habe ich ihn verlassen. Bin – wieder einmal! – zur Tür hinaus, bei der erstbesten Gelegenheit, die sich bot!

Sechsunddreißigstes Kapitel
Al Pacino enthüllt alles!

Und warum sollte ich auch kein glückliches Mädchen sein, da ich in dieser Glitzernacht durch Londons herrliches West End spaziere – OH CALCUTTA! BEREITS IM VIERTEN JAHR!, DER EXORZIST (»Deine Mutter kocht Socken in der Hölle – ha ha!«), CARRY ON LONDON – ENDLICH MACHEN SIE WEITER – LIVE AUF DER BÜHNE! (»Uuh, Oberschwester! Also: Sie haben ihm die Eiterbeule aufgeschnitten? Das tut mir aber leid!«) – und ich gehe nicht zurück zu meinem Gatten Vernon, denn ihr müßt wissen, ich liebe ihn nicht mehr, und ich sehe nicht ein, weshalb ich mit jemandem zusammenleben soll, den ich nicht liebe. Bald werde ich ihm einen Brief schreiben: »Lieber Vernon, Liebling, es tut mir leid, daß ich nicht nach Hause gekommen bin. Du bist wirklich ein süßer Mann, und ich liebe Dich sehr, aber nicht so, wie eine Frau ihren Ehemann lieben sollte. Deswegen ist es nur recht, daß ich es Dir mitteile, damit Du jemanden finden kannst, der Dich liebt und für Dich sorgt, so wie Du es verdienst. Ich möchte Dir danken für all die schönen Sachen, die Du mir gekauft hast, besonders für den schönen eiscremerosanen Mohairpullover und den schwarzen Faltenrock, der so gut zu meinen schwarzen wildledernen Schaftstiefeln paßt. Du kannst Dir sicher vorstellen, wie gut es mir geht, wenn ich meine Schultertasche von Gucci schwenke (ich fürchte, auch die hast Du mir gekauft, Süßer!) und mich von den blinkenden Neonlichtern dieser wunderbarsten aller Städte verschlucken lasse. Jeden Abend finden Partys statt, mein Liebling.« Kein Wunder, schließlich geht es auf Weihnachten zu. Als sie durch die mit künstlichen Eisblumen besprühte Fensterscheibe ins Restaurant hineinschaut, was sieht jetzt die vom lieben Vernon geschiedene Pussy? Ein Meer leuchtender Gesichter und zum Anstoßen erhobener Gläser. »Und da sag ich zu ihr, ich sage – wenn du etwa von mir erwartest, daß ich…« Und die Mädchen schleudern ihr Haar zurück. Hören gar nicht richtig zu! Amüsieren sich viel zu köstlich!

Und die fröhliche Menschenmenge wogt durch die nächtlich flimmernden Straßen aus weißem Stein, vorbei an der Eros-Statue auf dem Piccadilly Circus, erwarten, am Geländer gegenüber in der Nähe vom Wimpy, heute abend die junge Muschi zu sehen. Nur, daß die heute nicht anschafft! Zu zart und zu schwach, und vielleicht auch zu angeschlagen! Ich fürchte, sie will alles hinter sich haben! Will sich häuslich niederlassen, sicher und behaglich in großen, bärenstarken Armen ruhen. Dumme Miez-Miez-Muschi, Miss Max Factor, es gibt so viele Männer, die jetzt gern eine Nummer mit dir geschoben hätten! Aber nicht so, wie sie es will! Wie es in der Illustrierten *Loving* steht! Ach! seufzt sie, wenn es doch nur so sein könnte!

PUSSY – MEIN LEBENSPARTNER
AL PACINO ENTHÜLLT ALLES!

Der ist süß, aber für Muschi kommt er nicht in Frage. Rockstars, auf die das Flugzeug wartet, bringen einen nur zum Heulen. Ihr Mann wird für alle Zeiten geliebt werden, aber nur von ihr, Pussy Kätzchen Schwenk-die-Tasche!

Nur von mir, und von sonst keinem!

Liebe Cathy, liebe Claire,
ich möchte einen richtigen Mann heiraten. Einen Rock Hudson. Könnt Ihr mir helfen?

Liebes Muschi-Miez-Miez-Kätzchen, das nach einem Mann sucht,
wir dachten, DU könntest UNS helfen!

»Seufz!« denkt Miez-Miez und fragt sich laut: »Was hält die Zukunft für mich bereit? Was, was, was kann die Zukunft für mich bereithalten, wo meine Dödeltage jetzt zu Ende sind?«

Denn sie weiß nicht, daß just in diesem Augenblick, in dieser Sekunde, irgendwo im tiefsten Cricklewood, bereits etwas im Gange ist, das sie volle Kraft voraus dieser ihrer Zukunft entgegenschleudern wird!

* * *

(Terence sagte: »Haben Sie sich das alles eigentlich nur eingebildet, Patrick? Oder haben Sie sich wirklich zu irgendeinem Zeitpunkt auf diese Bombenleger eingelassen?«

Ich hätte ihn ein Weilchen rätseln lassen sollen – es hätte Spaß gemacht, ihn aufzuziehen! Statt, wie ich es tat, geziert zu sagen: »Ach, Terence! Nun tun Sie doch nicht noch so, als wäre mein schriftstellerisches Talent derart gut!«)

Aber man konnte immer noch sehen, wie er mich musterte – Pussy! Bombenlegerin! Könnte das stimmen?

O Terence! Also ehrlich – du lieber Himmel! Manchmal frage ich mich, wieso ich mich je in Sie verknallt habe!

Siebenunddreißigstes Kapitel
Emsige Männer bereiten sich darauf vor, London in die Luft zu jagen und Pussy Scherereien zu machen

Es war am 6. November 1974 um sechs Uhr abends. Big Joe Kiernan aus Offaly rauchte eine Player's No. 6 und summte dabei *My Ding A Ling* von Chuck Berry. Mit seinen nikotingelben Fingern bog er das Ende eines Stücks Kupferdraht zurück, von dem er die Plastikumhüllung entfernt hatte, und schob es durch ein Loch, das er in den Glasdeckel einer Taschenuhr gebohrt hatte. Dann schnickte er die Zigarette weg und befestigte den Draht mit Klebeband. Sein Kumpan, den alle Mayo Jack nannten, obwohl er gar nicht so hieß, summte gleichfalls eine Melodie vor sich hin, aber ohne es zu wissen, denn er war ganz in die Fotogeschichte einer Ausgabe von *True Detective* vertieft. Dann und wann las er einen Auszug daraus vor, und der Dritte im Bunde, der erst vor kurzem aus Belfast gekommen war, sagte: »Ach, du hast doch 'ne Meise, Jack!« und briet sich weiter in der Bratpfanne Schweinekoteletts. Ihn nannte man »Lusche«, weil er immer Zigaretten schnorrte: »Hat mal jemand 'ne Lusche?« Von jetzt an fiel ihm die Aufgabe zu, die Bomben zu plazieren, weil Tinker – der das bislang besorgt hatte – nach Dublin zurück mußte. Als die sechs Stäbe Plastiksprengstoff festgeklebt waren und das Bombenpaket mehr oder weniger fertig war, hatten Big Joe und Jack nichts mehr zu tun und spielten Darts, bis Lusche so weit war. Sie wollten schnell weg und versuchten ihn ein bißchen anzutreiben, aber es nutzte nichts. Solange es ihm nicht paßte, kriegte man Lusche McKeever nicht vom Fleck. »Macht mich bloß nicht kirre!« lautete seine Antwort auf ihr Drängeln. »Ach, fick dich doch ins Knie!« sagte Big Joe, als ein fachmännisch geworfener grüngefederter Wurfpfeil auf die zerstochene Zielscheibe aus Kork zusegelte. Bis Lusche endlich so weit war, hatten sie insgesamt drei Spiele hinter sich gebracht. »Verdammt, hat auch lange genug gedauert!« sagte Jack und hob die kunstlederne Reisetasche auf, in der sie die Bombe verstaut hatten. »Vergiß dein Heft nicht«, kicherte Lusche, zwinkerte der *femme deshabillé* auf dem Cover zu und griff seinem Freund zwischen die Beine. Mayo Jack versetzte ihm zwei gutgezielte Jabs und rief lachend: »Leck mich!«, während Big Pat die Tür des braunen Ford Cortina öffnete und einstieg.

Achtunddreißigstes Kapitel
Uuh, Bombenleger!

Obwohl ziemlich betütert (den ganzen Tag Camparis in Soho!), wußte Pussy, daß es ganz schön verwegen von ihr war, als sie beschloß, in der Disko vorbeizuschauen, die immer brechend voll war mit Soldaten. Aber sie scherte sich nicht darum – na gut, sie hatte ein paar Gläschen intus, und wenn schon! Und wenn einer auch nur »Huh!« sagte, dann würde sie ihm ins Gesicht lachen. »Ach ja? Ich bin also ein Mann? Sehr gut beobachtet, Süßer!« würde sie sagen, wenn es so weit kommen sollte – ob's nun ausgewachsene Soldatenkerle waren oder nicht!

Und natürlich würde es so weit kommen, das wußte sie im Grunde ihres Herzens, denn anscheinend hatte jeder Tommy des Landes beschlossen, heute abend in London das Tanzbein zu schwingen! Was Muschi nur recht war! Und noch mehr als das! Denn wer weiß – vielleicht würde sie ja Feldwebel »Rock« oder Hauptmann »Jamjam-Sei-für-immer-die-meine« begegnen! Und wenn das nicht das Risiko wert war, dann war, flüsterte sie vor sich hin, das Leben einfach nicht lebenswert.

Jedenfalls bestanden gute Aussichten, daß er nie die Wahrheit erfahren würde. Dafür hatte eine geschlagene Stunde in der Hoteltoilette gesorgt: Jetzt glitzerte ihr langes braunes Haar, und ihre feuchten Lippen glänzten! Dann schnurstracks durch die Tür, um die verzückten Soldaten zu beäugen!

Das Licht der Stroboskopkugel strahlte auf sie herab. Barry White, der mit ihr knutschte, sagte: »Du bist die Erste, die Letzte, mein Ein und Alles!«, und Muschi kribbelte und prickelte es in den Lenden. Der kurzgeschorene Tommy wisperte ihr ins Ohr: »Magst was trinken?« Muschi hüstelte leicht, um all ihren Mut zusammenzunehmen, und flüsterte mit piepsiger Stimme: »Oh ja!« Sie sah ihm in die Augen, als plötzlich ein Teil seines Kopfes nach links flog, der andere nach rechts, und das Gehirn, das sich darin befunden hatte, wie Rührei zu Boden klatschte – so kam es Muschi jedenfalls vor. Der Tommy war eindeutig tot – ich meine, er hatte überall Blut im Gesicht und lag auf dem Boden. Es war, als würde sich Pussy nie mehr von der Stelle rühren. Sie blieb wie angewurzelt stehen, wo sie gestanden hatte, als tanze sie mit einem unsichtbaren Soldaten.

Mindestens eine Minute war verstrichen, ehe ihr dämmerte, daß sie nicht ebenfalls tot war. »Ich bin nicht tot«, sagte sie und fuhr sich mit der Zungenspitze über den Lippenstift. Sie schmeckte nichts. »Seltsam«, dachte sie. »Ich kann überhaupt nichts schmecken.« Erst dann sah sie, daß ihre Strumpfhose von Christian Dior zerfetzt war. Um sie herum flogen, das bemerkte sie allmählich, Dinge durch die Luft: Sägespäne, Dreck und Papierschnipsel. Wenn jemand Muschi beobachtet hätte, so hätte er bestimmt gesagt: »Himmel noch eins, warum lacht die so? Merkt sie denn nicht, daß sie eigentlich tot sein müßte.« Was, wenn man sie gefragt hätte, genau der Grund für ihr hohes, anhaltendes Gelächter war – ihr wurde klar, daß sie praktisch direkt neben dem Explosionsherd gestanden haben mußte. Was tat sie da? Stand aufrecht, befingerte ihre goldene Halskette und dachte: »Ich muß praktisch direkt neben dem Explosionsherd gestanden haben, und meine Strumpfhose ist zerfetzt. Ich muß mir unbedingt eine neue kaufen!« Während Pussy das immer wieder vor sich hin sagte, gab es nahebei eine weitere Explosion und einen strahlend blauen Lichtblitz, durch den kalkweiße Gesichter huschten, bevor sie von einer Woge glühender Hitze erfaßt wurden. Pussy spielte mit ihrem Halsband und achtete überhaupt nicht darauf, was um sie her vor sich ging – ein Motorradfahrer wurde von seiner Maschine geschleudert, und Funken stoben in die verstörte Nacht: »Vorfahrt! Vorfahrt!« Aus Muschis Strumpfhose hatte sich ein Nylonstreifen gelöst, er sah aus wie ein versengter Fetzen Haut, der von der Wange eines der getöteten Soldaten herabhing. Es war nicht der Soldat, mit dem Pussy getanzt hatte. Es war jemand anders. Viele lagen herum. Muschi hätte nicht lachen sollen, als der erste Polizist, der zum Tatort kam, am Bein einer Frau zog und es plötzlich in den Händen hielt. Aber weil ihr schon wieder himmelhoch high zumute war, konnte sie nichts dagegen tun. Sie mußte an den Bobby in den Comics ihrer Kindheit denken, der sich ständig am Kopf kratzte, ihn dann schüttelte und sagte: »Der Teufel soll mich holen; die sind schon wieder über alle Berge, Wachtmeister!«

Was natürlich aller Aufmerksamkeit auf sie lenkte, als habe sie ihre Freude an dem Mißgeschick des armen Mannes. Sie lachte sogar noch, als die Beamten sie hinauszerrten und sie »verdammte Kuh«, »Irensau« und Gott weiß was noch schrien, denn begreiflicherweise waren sie arg wütend!

Noch wütender wurden sie, als im Krankenhaus Muschis kleines Geheimnis aufgedeckt wurde. Diese trug natürlich nicht dazu bei, die Situation zu klären, sie gab sich nicht mal Mühe, ihren geschwärzten Zeigefinger (na ja, also geschwärzt war er eigentlich nicht, das war dazuerfunden, wie Terence sofort bemerkte) zu heben und zu sagen: »Nein! Sie kapieren es immer noch nicht! Sehen Sie, ich bin nichts als eine gewöhnliche Dreigroschenhure und habe nicht das geringste Interesse an Politik!« Viel zu besorgt um ihren schönen eiscremerosanen Mohairpullover und den herrlich plissierten schwarzen Minirock, um sich mit so was abzugeben. Was aber, wie sich herausstellte, ein schwerwiegender Fehler war, denn nach zwei, drei Verhören waren die davon überzeugt, daß der milchgesichtige Bombenleger, den sie in Gewahrsam hatten, nichts anderes war als ein dreckiges Schwein, das nicht davor zurückschreckte, Menschen zu verstümmeln und zu verkrüppeln, ja sogar so weit ging, sich als Nutte zu verkleiden – eine Information, die sie sofort an die Presse gaben, die schon längst Zeter und Mordio schrie und nach einem Schuldigen suchte.

Ich bedauere bis heute, daß ich mir den *Daily Mirror* und die *Sun* nicht aufgehoben habe, denn in beiden sah ich gar nicht übel aus! Wenn auch versengt und himmelhoch high! (Die Polzisten befahlen mir, den Mund zu halten, als sie die Aufnahme machten!)

Sie ließen mir eine Ausgabe da, und in der zweiten Nacht konnte ich einfach nicht widerstehen, ich mußte sie dauernd hervorholen und betrachten, und jedesmal, wenn ich die fette Balkenüberschrift »Süßes Lächeln eines Mörders« sah, prustete ich in die Hände. Es war wirklich zu lustig, besonders der glasige Blick, den ich draufhatte, und meine zerfetzten Klamotten. Vor allem, wie schon gesagt, meine Strumpfhose von Christian Dior! Auf die sie Pfeile gerichtet hatten, damit man meine behaarten Beine sah (ich fürchte, an dem Abend hatte ich es unterlassen, sie zu rasieren!). »Also wirklich«, sagte ich immer, wenn sie mir mein Essen brachten, »es ist einfach zu lustig!«

Aber wie ich Terence erzählte, war es nicht ganz so lustig, als Kriminalinspektor Routledge und sein alter Kumpel Konstabler Wallis anfingen, mich in die Mangel zu nehmen! Dazu kann ich nur sagen, ihr Süßen, wer nicht auf der erdabgewandten Seite des Pluto einen Dixie rückwärts gepfiffen hat, nachdem die mit ihm fertig waren, der ist aus härterem Holz geschnitzt als Miss Pussy – so leid es mir tut!

Ich glaube, die hat sogar aufgehört, ein Zigarettenpapier zu sein, und wurde zu winzigen Staubflocken, die draußen im riesigen, unendlichen All hin und her schwebten!

Was vielleicht erklärt, weshalb sie immer an den verkehrten Stellen grundlos lachte – weil sie es einfach nicht besser wußte! Schließlich müßt ihr zugeben, daß es ziemlich schwierig ist, Orte auf der Erde zu bestimmen, wenn ihr irgendwo 2,5 Milliarden Meilen weit weg seid. Was Muschi, und zwar mehr als einmal, genauso ausdrückte. »Tut mir leid!« sagte sie mit ihrem kichernden Lachen, das langsam, aber sicher alle auf die Palme brachte. »Ich fürchte, ich kann euch da unten gar nicht sehen! Wo steckt ihr denn?«

»Verschon uns bloß mit deinem dummen Gewäsch, Paddy!« sagte dann Konstabler Wallis und schob sein Gesicht mit wildem Blick ganz dicht an ihres heran. »Wir wissen, daß du die Bombe gelegt hast!«

Worauf Pussy, sich schüttelnd vor Lachen, erwiderte: »Aber gewiß doch, Süßer! Natürlich habe ich das – und hundert andere noch dazu!«

Da richtete sich Wallis zu voller Größe auf und sagte mit stolzgeschwellter Brust: »Na bitte, sag ich's doch!«

Worauf Muschi vor Lachen vom Stuhl fiel, sich wie ein Fötus zusammenkrümmte und laut quiekste!

Neununddreißigstes Kapitel
»Heut nacht geht 'ne Bombe hoch, und ich hab keinen Fitzel anzuziehen!«

Es war ein ruhiger Donnerstag abend im Londoner Stadtteil Hammersmith, und die Kampfeinheit der IRA bereitete sich wieder einmal auf einen schönen Abend in der Innenstadt vor. Die ganze Woche über waren sie fleißig und so erfolgreich gewesen, daß sie schon überlegten, ob sie nicht der Filiale von Fortnum & Mason, die sie bereits wenige Tage zuvor in Schutt und Asche gelegt hatten, abermals einen Besuch abstatten sollten. Doch nach ausführlicher Diskussion entschieden sie sich dagegen, statt dessen suchten sie ein vornehmes Restaurant im West End aus, wo bekanntlich Börsenmakler und Parlamentsabgeordnete speisten. Sobald die Entscheidung gefallen war, machten sich alle an die Arbeit und widmeten sich den Aufgaben, die ihnen bereits zur zweiten Natur geworden waren. Zunächst mußte der Plastiksprengstoff ausgepackt werden – natürlich mit gehöriger Vorsicht, wir wollen schließlich nicht, daß irgend jemand die Nitroglycerinkrankheit bekommt (oder einen »NG-Kopp« kriegt, wie die Kumpel es nennen) – an den Taschenuhren mußten die Zeiger abgeknipst werden, und die hundert verschiedenen Dinge, die nötig sind, wenn man im aktiven Dienst ist. Paddy Pussy als unbestrittener Anführer der Einheit war natürlich ebenfalls arg beschäftigt. Er schlüpfte in eins seiner vielen eleganten Abendkleider – dieses hier schräg geschnitten, aus rosa Crêpe de Chine – und warf sich stundenlang vor dem Spiegel in Positur, um sich ein für alle Mal davon zu überzeugen, daß er dem Anlaß entsprechend aussah: das erste Mal nämlich, daß in London ein Restaurant in die Luft jagen sollte. Bis jetzt waren es meist öffentliche Gebäude gewesen und natürlich U-Bahn-Stationen.

»Verdammt und zugenäht!« rief sie aus und schleuderte ihr fünfzehntes und letztes Kleid zu Boden. »Soll das doch heute abend ein anderer übernehmen! Ich hab keinen Fitzel anzuziehen!«

»Nein! Bitte nicht!« flehten die anderen Mitglieder der Einheit ihre angebetete Anführerin an. »Wir bitten dich, tu uns das nicht an, Muschi! Schließlich bist du die gefürchtetste Terroristin von London!«

»Hach, als ob ich das nicht wüßte, ihr Süßen!« rief Pussy und wedelte mit den Händen. »Als ob ich das nicht selber wüßte, ihr kleinen Schmeichler ihr, ihr süßen Honigkuchenpferde!«

Eine außerkörperliche Erfahrung vielleicht?

Terence sagte zu mir: »Vielleicht hatten Sie eine außerkörperliche Erfahrung, als Sie in der Zelle eingekerkert waren, Patrick, denn es hat ganz den Anschein, als wären Sie kaum dagewesen!«

Wie er das sagte, bewies nur seinen Sinn für Humor, aber ich weiß, was er meinte! Und Wallis und Routledge, den Armen, ging es bestimmt genauso, als sie durch den Spion sahen, wie ich kicherte und vor mich hin lachte. Meine Gedanken waren draußen im Weltraum, wo ich über alles nachsann, was mir bisher widerfahren war und wie ich dafür sorgen würde, daß es allen noch gehörig leid täte. »Was denn?« fragt Routledge, als sie zu mir in die Zelle kamen. »Ach, machen Sie sich nur man keine Sorgen«, sage ich und fange schon wieder an loszuprusten! »Scheiße!« sagt Routledge und tritt gegen den Tisch. »Scheiße, Scheiße, Scheiße!«

Vierzigstes Kapitel
Eine Menge Leute verlieren die Beherrschung!

Kriminalinspektor Peter Routledge von Scotland Yard war mit seinem Latein am Ende. Unaufhörlich ging er im Tagesraum auf und ab, ließ die Knöchel knacken und rauchte eine Zigarette nach der anderen. Jetzt hatte er den Tatverdächtigen seit vier Tagen in Gewahrsam – erlaubt waren höchstens sieben – und war bereits an dem Punkt angelangt, wo er nichts aus ihm herausbekam als völlig blödsinniges Geschwätz. Warum konnte der nicht einfach auspacken? Warum konnte er nicht einfach gestehen, daß er sich als Frau verkleidet hatte in dem raffinierten Versuch, seine Spur zu verwischen – denn die machten vor nichts halt, diese verrückten, fanatischen Bombenleger –, und daß sein Plan furchtbar fehlgeschlagen war! Was war nur los mit diesen Leuten, daß ihre sogenannte »Sache« sie bewog, solche Verbrechen gegen die Menschlichkeit zu begehen – junge Frauen ohne Beine, Menschen, die für immer physische und psychische Verletzungen davontrugen? Wer konnte ihm vorwerfen, daß er, wie sein Kollege es nannte, »die Beherrschung verlor«, als er Pussy in der Zelle Fotos von all den Menschen zeigte, die er verunstaltet und vernichtet hatte, und sich das Gelächter dieses verrückten Saubeutels mitanhören mußte – und alles nur wegen der Politik!

»Politik!« bellte der Inspektor. »Dem zeige ich gleich Politik!« und wollte schon in die Zelle zurück, um seinem Tatverdächtigen den Kopf zurechtzusetzen. Wallis, der ihn mit Gewalt daran hindern mußte, rief: »Um Himmels willen, Peter! Reiß dich am Riemen, Mann! Wenn du noch mal die Beherrschung verlierst…«

»Ich verliere gar nichts! Aber ich bleibe nicht einfach sitzen und höre mir an, wie diese kleine Sau sich über uns lustig macht – ich bring den Kerl um!«

Natürlich nagte an dem Inspektor insgeheim der Zweifel, daß er den Falschen erwischt haben könnte. Was, wenn der unerfahrene hellhäutige Bengel (David Cassidy – wir lieben dich!), wie er behauptete, tatsächlich nichts anderes als eine dahergelaufene Dreigroschenhure aus der irischen Provinz war, die nur ihr Vergnügen und ein leidliches Einkommen auf den Straßen Londons im Sinn hatte? Er schauderte und brach in kalten Schweiß aus. Für den winzigsten Bruchteil einer Sekunde bedachte er die Möglichkeit, die ein Kollege angesprochen hatte: Vielleicht war der Bursche gar nicht die stahlharte Persönlichkeit, die alles mit belustigter Geringschätzung abtun konnte, sondern das genaue Gegenteil, und vielleicht galt dasselbe für sein Gelächter. Was Routledge wirklich in der einen oder anderen Form auf den Gedanken hätte bringen sollen: »Ich glaube, ich bin nicht der einzige, der hier die Beherrschung verliert, Konstabler! Ehrlich gesagt, glaube ich, daß es einer ganzen Menge Leute ganz ähnlich geht!«

Das geschah aber nicht, fürchte ich! Der dumme Kerl fauchte einfach immer weiter!

Einundvierzigstes Kapitel
Hallöchen, Mrs. Braden!

Und in meiner schummrigen Zelle, auf wen fiel mein hocherfreuter Blick, als ich so dasaß, himmelhoch kreiselnd, umringt von Sternen und Planeten? Na, auf die unvergleichliche Eily Bergin natürlich, klar und deutlich zu erkennen in dem strahlenden Licht, das sie umgab. Sie war auf dem Weg zu einem gewissen Haus am Ortsausgang von Tyreelin, um endlich jene berühmten Worte auszusprechen: »Hallöchen, Mrs. Braden! Freut mich, Sie kennenzulernen! Ich möchte meinen Sohn. Kann ich den, bitte, haben?«

Was sollte die olle Haarige Ma dazu schon sagen? Verärgert zog sie mich aus einer rotznasigen Kinderschar und erklärte, den Arsch gegen den Wind gekehrt: »Hier – nehmen Sie ihn! Hat sowieso zu nichts getaugt!«

Was haben wir da einen Heidenspaß miteinander gehabt, die Frau, von der ich tausendundeine Nacht geträumt hatte, und ich in der stickigen Höhle namens Hundehüttensiedlung! »Mami!« sagte ich zu ihr, als wir im Sonnenschein die Straße hinuntergingen. »Glaubst du, ich bin so, wie ich bin, weil Papi wegen seiner Arbeit solche Kleider tragen muß?«

Worauf sie in Gelächter ausbrach und sagte: »Natürlich nicht, Dummerchen! Du trägst sie nur deswegen, weil du nun mal so veranlagt bist!« Und was sagte ich daraufhin? »Das ist ’ne Mami, was!« und machte ätschbätsch zu den rotznasigen Straßenbengeln hin, die jetzt, schnaubend vor Eifersucht, die Straße säumten und zu ihren zerlumpten Müttern sagten: »Dem seine Mami ist ’ne richtige Dame!«

Was natürlich den Nagel auf den Kopf traf! Denn sie

sah in jeder Hinsicht aus wie Sophia Loren! Und kaute am Bügel ihrer Polaroid herum!

Und Junge, Junge, was für einen Spaß wir jetzt haben werden! Gemeinsam vorbei an den Sternen, haben wir alle Zeit der Welt und machen wieder wett, was wir versäumt haben! Und gehen, wohin wir belieben!

Zweiundvierzigstes Kapitel
Die Rache ist mein, spricht Muschi!

Vielleicht sogar auf eine einsame Insel, hier in der Zelle, eine Insel, die jetzt uns gehört, und zwar für immer! Natürlich konnten Wallis und Routledge die nicht sehen! Die erblickten nichts als eine abgerissene alte Pussy, die sich auf dem Boden wälzte – wenn sie nicht den Verputz von der Wand pulte und wahrhaft unerklärliche Jubelschreie ausstieß! Einmal rief sie sogar: »Mami!«

»Verfluchte Scheiße!« grummelte Kriminalinspektor Routledge, als er den Hörer wieder auf die Gabel legte. »Ich brauche Urlaub, weg von diesem verdammten Irrsinn!«

Da fragt man sich doch, was er gedacht hätte, wenn er gesehen hätte, wo Pussy und Mamilein inzwischen gelandet waren! Ausgestreckt auf einem endlosen Strand aus puderfeinem Sand, unter einer sich wiegenden Palme. »O Mami!« rief Muschi und drückte ihren Arm. Und sie fuhr ihm mit den Fingern durchs Haar. In weiter Ferne stieg ein winziger Tümmler auf und beschrieb im blauen Himmel eine Kurve. Die üppige Vegetation gab ein eigentümlich besänftigendes Geräusch von sich. Die Sittiche, Farbflecken in den Bäumen, veranstalteten einen Heidenlärm.

»Die sind ja schlimmer als die Klatschweiber von Tyreelin«, sagte Eily, und Pussy lachte. Da blickte sie ihn an und sagte: »Ich liebe dich, Pussy.«

In ihrem Badekostüm mit dem Mango-und-Bananen-Motiv sah sie allerliebst aus. »Viel besser als ich«, dachte Muschi, als er sein einfarbiges ungemustertes Ding betrachtete, dessen einziger aufregender Aspekt die spaghettidünnen Träger waren.

»Pussy«, sagte sie dann, »war er nicht ein gräßlicher Mensch, daß er uns das angetan hat?«

»Wer – Vater Bernard?« fragte er, und sie nickte.

»Ja, das war er, Mami«, antwortete er und spürte, wie ihm das Blut in die Wangen stieg – so heiß wie die Sonne, die über Bali Ha'i aufging.

»Aber das ist so lange her«, sagte sie und sah ihm in die Augen. »Und wir müssen es vergessen. Irgendwann müssen wir vergessen und vergeben lernen.«

Ihr gütiger Blick brachte Pussy zum Weinen. Und das Wissen, daß er nie dazu imstande wäre, egal wieviel Mühe er sich gab.

»Ich kann nicht, Mami!« rief er und geriet ganz außer sich. »Ich kann nicht, verstehst du? Ich hab's immer wieder versucht!«

* * *

Als Routledge und Wallis in die Zelle stürzten, hatten sie natürlich nicht die leiseste Ahnung, daß dort eine Art Diskussion auf einer einsamen Insel stattfand! Das einzige, was sie sahen, war ein als Bombenleger verdächtigter Teenager, der mit dem Kopf gegen die Wand rannte und nahe dran war, sich ernstlich zu verletzen, ganz zu schweigen davon, daß er immer wieder kreischte: »Ich bringe ihn um! Ich bringe ihn um! Ich brenne seine Kirche nieder, mit ihm drin! Sie werden dafür bezahlen, ihr werdet's noch sehen! Alle!«, bevor er zu Boden glitt und eine Weile vor sich hin wimmerte. Wenn es dabei geblieben wäre, hätten sie sich gefreut, Beruhigungsmittel hätten sie einen ganzen Tag gekostet, vielleicht sogar zwei oder mehr. Aber der Arzt hielt sie für absolut unerläßlich – da mein Leiden sich schon im fortgeschrittenen Stadium befand.

Routledge meinte, es läge wohl an den Schuldgefühlen (all die Leute, die ich umgebracht hatte!), und als durch den Nebeldunst, der mich einhüllte, die Stadt Tyreelin und mein liebster Papi auftauchten, rief ich ihm in Morpheus' Armen zu: »Nein, Routledge! Wut – Wut, begreifen Sie denn nicht? Aber hören Sie! Die Rache ist mein!« und sah jetzt alles an mir vorüberziehen.

So wie's schon die ganze Zeit hätte sein müssen – in Ordnung gebracht von Patrick Pussy, der Rächerin, die Unrecht wiedergutmacht!

Den weiten Weg von England nach Hause hatte sie nichts anderes im Sinn, als eine Stadt auseinanderzunehmen! Und ihn ein für alle Mal fortzuschaffen, als hätte es ihn nie gegeben, diesen Geruch und Gestank, der seit Generationen über einem vergifteten Tal hing!

Dreiundvierzigstes Kapitel
Die Lurex-Rächerin

Und würde ihr das Spaß machen! Im Fenster eines Cottage ruckt der Spitzenvorhang, ein gehetztes Auge lugt heraus, und Mrs. Schnurres weicht zurück und deutet auf etwas auf dem Berg, eine Gestalt, die mit dem Finger auf sie zeigt und im Dämmerlicht des Morgengrauens mit heiserer Stimme verkündet: »In die Stadt ihrer Geburt kehrt sie zurück, jeden Hügel und jedes Tal aufzusuchen und ihnen ihren Stempel aufzudrücken, kein Auge in Sicht, das behaupten kann: ›Ich habe sie nicht gesehen!‹, denn dies wird nicht möglich sein, da sie nun unter euch wandelt, sie, die von nun an genannt sein wird – die Lurex-Rächerin! Sie, die genannt sein wird Vertreiberin des Gestanks, Bringerin von Wohlgerüchen, Streuerin von Blüten, Überwinderin der Finsternis, sie, die diesen Ort und seine Menschen aus dem Dunkel ans Licht zerren wird!«

Vierundvierzigstes Kapitel
Der Gestank, den niemand kennt, ist da

Familie Nolan, 39 The Square, Tyreelin, sitzt beim Abendbrot. Der Fernseher ist abgestellt. »Albernes Zeug«, sagen sie, »diese Sendung *Some Mothers Do 'Ave 'Em.*« Der kleine Noël sagt: »Frank Spencer macht nichts als dumme Mätzchen. Jede Woche dasselbe. Wer will so was schon sehen?« »Ja«, stimmt Samantha ihm zu, »Kleinkinderkram.« Dann genießen sie ihr Abendbrot. Mama gießt gerade Tee ein, als sie plötzlich die Kanne hebt und fragt: »Was war das?«

»Was war was?« fragt Papa. Aber seine Nasenlöcher weiten sich, seine Nasenflügel beben, und allmählich begreift er.

»Igittigitt!« sagt Mama. »Aber woher kommt das?«

Natürlich ist es Chanel No. 19, das ich, die Rächerin, einfach wunderbar finde! Aber sie wissen nicht, woher der Geruch stammt! Wenn Mama es nicht besser wüßte, würde sie zu den Kindern sagen: »Habt ihr euch in meinem Schlafzimmer herumgetrieben? Mein Chanel No. 19 gestohlen?« Aber natürlich sagt sie's nicht, weil sie gar keins besitzt. Sie würde sich nicht im Traum einfallen lassen, Chanel zu nehmen! »O Gott nein!« hat sie oft gesagt. »Parfüm benütze ich sowieso nur ganz selten!«

Was man von der Geister-Pussy, der Rache-Pussy nicht sagen kann, die in der Nacht vorüberhuscht, lange Duftschleppen hinter sich herschleift wie vom Wind verwehte Seidenschals. Es dauert nur einen Augenblick, bis der Schatten auf dem Rollo verschwunden ist und Mami sagt: »Hmm. Scheint sich verflüchtigt zu haben. Vielleicht haben wir uns das alle nur eingebildet!«

»Ja, vielleicht«, sagt Papa, obwohl er ganz und gar

nicht ihrer Meinung ist – er will nur die Kinder beruhigen. Und ich schwebe vorüber am Lebensmittelgeschäft, an den Zapfsäulen und an Mulvey's Bar. Vielleicht habe ich es ein wenig übertrieben, aber schließlich liegt auch ein ziemlicher Gestank über dem Dorf – ist schon so lange da, daß er niemandem mehr auffällt!

Fünfundvierzigstes Kapitel
Ein schöner Tag für Bonzo

Pat McGrane (alter Klassenkamerad) ist mächtig aufgekratzt. Er macht gerade Feierabend bei seinem Job in der Gefrierfleischfabrik Tyreelin und hat festgestellt, daß er zehn Pfund zusätzlich in der Lohntüte hat, Vergütung für die sieben Stunden, die er vor drei Wochen gearbeitet und vollkommen vergessen hat. Er weiß nur noch, daß er auf die Frage des Vorarbeiters, ob er irgendwann mal Überstunden machen könnte, antwortete: »Klar doch!« und dann nicht mehr daran gedacht hat. Da faßten sich die paar grünen Lappen nur noch schöner an. Jimmy Hanlon, der mit ihm am Fließband stand, kam vorbei, wischte sich die Hände an der Gummischürze ab und warf sein Handtuch über die Schulter. »Hallo, Pat«, sagte Jimmy, und Pat erwiderte den Gruß mit einem Lächeln. Jimmy faltete seine Pfundnoten zusammen und verstaute sie sorgsam im Fach seiner Scheintasche. Innerlich glühte er. Teils wegen der unendlichen Möglichkeiten, die das zusätzliche Geld bedeuteten, besonders aber weil ihm aufging, daß es zu keinem günstigeren Zeitpunkt hätte geschehen können, an einem Donnerstag abend, da er wie immer seine Freundin auf der anderen Seite der Grenze besuchen wollte, um mit ihr in den Ballsaal Arcadia zu gehen, wo sie zu Gene Stuart and the Mighty Avons tanzen würden. Die sie über alles liebte. Wieso? Das verstand er absolut nicht, seiner Ansicht nach konnte Gene Stuart überhaupt nicht singen. Eine Behauptung, die natürlich viel Streit zwischen ihnen auslöste – Streit, den Pat stets bereute. Wenn der Streit ausgestanden war, schimpfte er innerlich mit sich und sagte: »Warum muß ich ihr auch immer widersprechen? Warum kann ich sie nicht in Ruhe lassen? Soll sie doch Gene Stuart mögen, soviel sie will!« Dann legte er einen feierlichen Eid ab, nur um ihn gleich wieder zu brechen, wenn sie das nächste Mal von der Zeitung aufsah und meinte: »Gene Stuart and the Mighty Avons spielen heute abend in Forkhill – wollen wir hin, Pat?« Kaum hatte sie die Worte ausgesprochen, sagte er: »Gene Stuart? Wozu in aller Welt willst du denn den sehen?«

Jedesmal kam er sich wie ein Vollidiot vor. Aber jedesmal ging's wieder mit ihm durch! Als er jetzt in seinem Anglia dahinbrauste und den Zeigefinger vom Steuerrad hob, um im Überholen seinen radfahrenden Nachbarn Fergus Killen zu grüßen, schaute er sich im Innenspiegel an und gelobte gründliche Besserung: »Wenn Sandra Gene Stuart sehen will, dann soll sie ihn eben sehen. Deswegen machst du ihr keine Szene, okay?« Dann hätten beide einen schöneren Abend. Außerdem regte sich sein Gewissen: Wenn man nicht bereit war, kleine Kompromisse wie diesen einzugehen, welche Chance hatte dann eine Ehe? Er mochte ihre Musik nicht, das war alles. »Wenn ich nur nicht ein so großer Fan von Creedence Clearwater Revival wäre!« sagte er zu sich selbst. Als bestünde auch nur die geringste Aussicht, daß dieser Wunsch in Erfüllung ging!

Denn Pat war ganz verrückt nach Creedence und würde bis an sein Lebensende nicht verstehen, wie die Leute schlechte Imitate dieser Songs durch Sänger vom Schlage Gene Stuarts tolerieren konnten. Weil Creedence ihm so gut gefiel, hatte er sich haargenau das Outfit des Leadsängers John Fogarty zugelegt. Jeden Donnerstagabend zog er Lumberjack und Jeans an, und mit seinen Haaren, die ihm bis auf den Kragen reichten (fast wie die Beatles), und den dünnen Schnürsenkelschlipsen, die er seit neuestem trug, hätte man mühelos zu dem

Schluß kommen können, daß es John Fogarty, den Leadsänger und Gitarristen von Creedence Clearwater Revival, nach Tyreelin verschlagen hatte. Oft, wenn Pat bei ein paar Pints in Mulvey's saß, ehe er über die Grenze fuhr, um Sandra abzuholen, sagten seine Freunde: »Oho, jetzt kannst du noch wie John Fogarty herumlatschen, aber warte nur, nach der Hochzeit wird sie dem Spuk ein Ende machen, darauf kannst du Gift nehmen!« Worauf Pat erwiderte: »Ach, leckt mich doch!« oder »Nun laßt aber mal gut sein, Leute!«

Als er jetzt dahinfuhr, lächelte er bei dem Gedanken – denn im Grunde seines Herzens wußte er, wie albern das war. Sandra und er mochten sich noch so sehr über Gene Stuart streiten, eines stand fest: Es würde noch lange dauern, bevor sie anfing, ihm vorzuschreiben, was er anziehen sollte und so. Denn wie sie Gott weiß wie viele Male gesagt hatte, mochte sie ihn so, wie er war. Ja, sie liebte ihn. Auch das hatte sie ihm gesagt. Sie hatte an der silbernen Öse seines Schnürsenkelschlipses herumgenestelt und gesagt: »Ich liebe dich, Pat.« Darauf eine Antwort zu finden war ihm nicht schwergefallen. Denn natürlich hatte er schon den ganzen Abend darauf gebrannt, ihr ein Geständnis zu machen. »Ich dich auch, Sandra«, sagte er.

Als er sich fertigmachte, wußte er noch nicht, wohin sie vor dem Tanz gehen sollten. Oft gingen sie zu Hughie's auf dem Marktplatz ihrer Heimatstadt Dunkeerin, aber in letzter Zeit war er es leid geworden und sie offenbar auch. Hughie meinte anscheinend, in eine Kneipe müsse man so viele Gäste wie möglich hineinstopfen und ihnen irgendein Gelabber vorsetzen. Unter der Woche mochte das ja angehen, aber donnerstags ging's zu wie in einer Irrenanstalt. Dann gab's da noch das Spinning Wheel – aber das war das genaue Gegenteil. Das

Aufregendste, was da an einem Donnerstag oder sonstwann geschah, war, daß jemand Untersetzer schnippte oder mit Streichhölzern spielte. Dort verkehrten Bankangestellte und Lehrer – Kneipenfraß, Suppen und Sandwiches während der Werktage, so was halt. Dann war da noch Walter's, wo man gleich beim Eintreten sein Leben aufs Spiel setzte. Aber es lohnte sich, wenn man mit der richtigen Meute hinzog. Trotzdem, Sandra war nicht versessen darauf. »Dann wird's bestimmt wieder McLarnon's!« hatte Pat geseufzt, als er seinen Levi's-Gürtel zuschnallte. Was ihm aber eigentlich nicht das Geringste ausmachte, denn am Ende wurde es dort jedesmal sehr lustig. Manchmal gab's dort sogar gute Musik – einmal hatte eine Band aus Belfast eine ganz erstaunliche Fassung von *I Heard It Through the Grapevine* gespielt. Es hatte ihn richtig umgehauen, und noch Wochen später hatte Sandra gesagt: »So hingerissen hab ich dich ja noch nie erlebt, Pat – wirklich nicht.«

Leider war die Band an diesem Abend nirgendwo zu entdecken. Sandra und er landeten neben einem Lautsprecher, der Sänger schlug ein Tamburin und sang völlig falsch: »Tra la la la la la – triangle!«. Aber als sie erst einmal in die Nachtluft hinaustraten, machte sich Pat nichts mehr daraus. Er legte seinen Arm um Sandra und küßte sie auf den Mund. Im Weitergehen hakte sie ihren Daumen in seinen Gürtel. Die Tanzveranstaltung war ebenfalls erstaunlich gut, und er überlegte schon, ob er Gene Stuart Unrecht getan hatte. Besonders als der *Bad Moon Rising* sang. Beim Tanzen streichelte er Sandras Haar und sagte: »Komm zurück, Gene Stuart – alles ist verziehen.«

Von Hochzeit zu reden war ein wenig verfrüht, aber trotzdem gab es ein, zwei Dinge, über die man ruhig schon einmal nachdenken konnte – damit sie aus dem

Weg geschafft waren. Darin stimmte er mit ihr überein. Je mehr vorbesprochen war, desto leichter würde es sein, wenn sie ernstlich an die Planung gingen. Eine Zeitlang schaltete sich Sandras Mutter ein, wenn sie darüber redeten; am Ende teilte sie sogar Pats Meinung zu Gene Stuart – der völlig unvermittelt immer wieder Thema wurde, wie ein Schachtelteufelchen!

»Ich begreife einfach nicht, was unsere Sandra an dem findet!« sagte sie und legte die Hand um den blaugestreiften Becher. »Ach, werdet ihr zwei wohl endlich…« zischelte Sandra, und einen Augenblick lang befürchtete Pat, sie würde in Wut geraten. Aber ihr Zorn verflog, und als es auf drei zuging, hatten sie sich so lange umarmt, daß Pat dachte, er müßte etwas unternehmen, sonst wäre er noch am anderen Morgen da. Und das würde sich gar nicht gut machen in der geruhsamen, gesetzestreuen Stadt Dunkeerin! So zupfte er seine Sachen zurecht, besonders sein Hemd von Ben Sherman, hüstelte und sagte: »Ich glaube, ich mach mich jetzt mal lieber auf die Socken, Kleines. Sonst komme ich gar nicht mehr heim.«

Bei der Tür, im Licht der Diele, gab Sandra ihm einen letzten Kuß und sagte, wie sehr sie, zum einen, den Abend genossen habe und wie sehr sie sich, zum zweiten, auf die Hochzeit freue.

Pat mußte lächeln, als er daran dachte. Auf dem Nachhauseweg hörte er Radio und versuchte die Augen offenzuhalten, was ihm nicht leichtfiel. Aber bis nach Hause würde er es schon schaffen, das wußte er. Als er die Platanenallee entlangbrauste, von den Einwohnern Tyreelins nach Ausbruch des Krieges »Gebetsschnur« getauft, weil dort mehrere Menschen überfallen und ermordet worden waren, dachte er nicht weiter darüber nach. Er war schon so oft hier entlanggefahren, daß es ihm gar nicht einfiel, sich Gedanken zu machen. Nicht einmal dann, als er sah, wie vor ihm im Dunkel eine Lampe hin und her geschwenkt wurde, denn vermutlich waren es Soldaten des Ulster Defence Regiment, die ihm vielleicht einigen Verdruß bereiten, ihn aber allenfalls ein paar Minuten aufhalten würden.

Doch es war nicht die UDR. Auch wenn die Männer Uniform trugen. Das diente lediglich dazu, Autofahrer wie Pat zu täuschen. Pat wußte gar nicht, wie ihm geschah, bis sie ihm mit einem Kreuzschlüssel kräftig eins über die Birne gaben.

Er hatte keinen blassen Schimmer, wie lange er wach gelegen hatte. Das Problem war, daß er andauernd zu sich kam und wieder ohnmächtig wurde. Wo genau die Garage sich befand – wenn es denn eine Garage war –, hätte er nicht zu sagen gewußt, aber er ahnte, daß sie meilenweit von der Stelle entfernt war, wo man ihn aufgelesen hatte. Er wünschte, sie würden endlich tun, was sie, das wußte er, am Ende ohnehin tun würden, denn es war klar wie der Tag, daß er Sandra nie wiedersehen würde. Was denen natürlich nur recht war, weil es ihnen nicht gefiel, daß er mit Protestanten – oder, wie sie sich ausdrückten, mit »ihresgleichen« – verkehrte. Nachdem sie ihn mit einem Eimer kalten Wassers zur Besinnung gebracht hatten, sagten sie, es wäre ihnen egal, ob er mit »Papistinnen« oder mit »kreischenden katholischen Hexen« vögelte, aber wenn es um reinliche, gottesfürchtige protestantische Damen ging, konnten sie nicht ruhig bleiben und zulassen, daß katholische Pimmel das Gift Roms in ihren unbefleckten, makellosen Scheiden verspritzten. Das gehörte sich einfach nicht. Es gehörte sich nicht, sagten sie. Pat wußte nicht, wer als erster auf den Gedanken verfiel, ihn mit einem Meißel zu bearbeiten. Von allen Foltermethoden fand er diese am schlimmsten. Er wurde zu einem soliden Fleischklotz, einer Skulptur, an der sie mit offenbar unendlicher Geduld herumhämmerten. Wie viele Wunden – zentimetertiefe Kerben – waren seinem Körper zugefügt worden, bis sie der Sache müde wurden? An die dreihundert. Dann zückten sie die Messer – zuerst ein zwanzig Zentimeter langes –, mit denen sie auf seinem Rücken Linien zogen, parallele Furchen.

Auf dem tragbaren Schwarzweißfernseher gab es einen Film, den sie sich ansahen, bis er das Bewußtsein verlor. Er hieß *Ein schöner Tag für Bonzo.* In den wenigen flüchtigen Augenblicken, in denen er bei klarem Bewußtsein war, gelang es Pat, sich auf seinen Namen zu besinnen, und er stellte sich vor, wie er mit den Kindern und dem Hund über die saftigen Wiesen einer englischen Hügellandschaft lief. In den letzten kurzen Sekunden, ehe er spürte, wie man ihm eine Magnum an die Schläfe setzte, überlegte er, ob Sandra und er sich wohl einen Hund angeschafft hätten. Sandra wäre womöglich dagegen gewesen; aber am Ende hätten sie sich geeinigt.

Parfüm: 1 000 000 gegen Gestank: 0

Wie böse von mir, in solchen Träumen zu lachen, aber offenbar tat ich es! Wallis hat es mir sogar gesagt! »Du hast mit den Armen gefuchtelt wie ein Rasender!« meinte er. »Was ist dir bloß durch den Kopf gegangen?«

»Parfüm«, sagte ich. »Parfüm, das den Geruch vertreibt! Parfüm: eine Million! Gestank: nichts!«

»Du bist mir vielleicht einer!« sagt er da mit einem Lächeln.

Am Ende war er eigentlich ganz nett, der olle Wallis – ich glaube, der hat's mir sogar ziemlich angetan!

Er tupfte mir sogar den Kopf trocken, als ich mit meinen Seidenschleppen wieder davonschwebte, wild von Mond zu Mond purzelte. Der Schweiß, der lief nur so an mir herab (uuaah!), und mein Leib – wie der ruckte und zuckte!

* * *

»Schreiben Sie's für mich«, sagte Terence. »Schreiben Sie, so gut Sie können – es wird mir verstehen helfen.«

Was es offensichtlich tat! Hat ihm geholfen zu verstehen, daß es das Beste für ihn wäre, wenn er um Versetzung in ein anderes Krankenhaus bittet, weg von dieser bedauernswerten, verrückten Schwuchtel!

Sechsundvierzigstes Kapitel
Aussicht vom Hügel

Die sich jetzt auf dem kleinen Berg wiederfindet, in dessen Schatten sie aufwuchs. Tückisch mustert sie ihn aus verkniffenen, schwarzumrandeten Augen.

In Mulvey's Bar ist es fast halb zwölf, und Dessie Mulvey, der Besitzer, müht sich vergebens, seine Gäste loszuwerden. »Menschenskinder, Jungs!« ruft er wiederholt. »Wollt ihr mir die Polizei auf den Hals hetzen, oder was?«

Als würden die Friedenshüter um diese Uhrzeit noch zu Mulvey's kommen, um Sperenzchen zu machen! Dafür haben sie, das weiß Dessie sehr wohl, viel zu viel Verstand! Als sie das letzte Mal hereingestürmt kamen, um sich wichtig zu machen, hatte die Sache mit offenem Aufruhr geendet! Besonders als der Sergeant die Todsünde beging, halblaut eine zynische Bemerkung über die IRA zu machen, was man im Mulvey's lieber hübsch bleiben läßt – das ist nämlich, wie jeder weiß, eine Kneipe der Provisorischen IRA. Und erst recht läßt man's bleiben, wenn ein Angehöriger der IRA, den jeder im Pub kennt, von ebenjenem Beamten in Gewahrsam genommen und schwer verprügelt worden ist! Es war töricht von dem Sergeanten, und kaum war ihm die Bemerkung entschlüpft, ging ihm ein Licht auf, und seinen Kollegen auch. Aber da war es schon zu spät, denn Jackie Timlin und das Pferd Kinnane hatten sich von ihren Sitzen erhoben und warfen ihm Blicke zu, die nicht gerade sagten: »Wir verstehen ja Ihre mißliche Lage, Sergeant. Wenn Sie uns bitte nur noch ein, zwei Minuten gönnen würden!«

Hätte Dessie nicht den geschickten Friedensstifter gespielt, wäre an diesem Abend sehr viel mehr zu Bruch gegangen als nur das Toilettenfenster, welches das Pferd, »Bullen! Verdammte Bullen!« fluchend, mit der Faust zertrümmerte, während er mit dem goldenen Bogen seines Urins praktisch jeden Quadratzentimeter der Wand vor sich bewässerte, nur nicht das angeschlagene weiße Porzellan mit der Firmenaufschrift Armitage Shanks. Zum Glück traten sie nicht auch an diesem Abend in Erscheinung, denn wegen eines soeben entlassenenen Gefangenen aus Portlaoise, der fünf Jahre wegen Mitgliedschaft in einer verbotenen Vereinigung abgesessen hatte, herrschte eine gehobenere Stimmung als gewöhnlich, und es wurden alle möglichen Rebellenlieder gesungen, wie *The Boys of the Old Brigade, The Broad Black Brimmer* und der derzeitige Hit *The Sniper's Promise.*

Angesichts des Willkommens, der ihm bereitet wurde, war der betreffende Freiwillige verständlicherweise ganz aus dem Häuschen vor Freude, denn die Einzelhaft, die er wegen tätlicher Beleidigung eines Gefängniswärters verbüßt hatte, hätte ihn beinahe in den Wahnsinn getrieben. Dem Pferd und Jackie gegenüber, die ihm gerade einen dreifachen Wodka ausgegeben hatten und darauf bestanden, daß er das Glas leerte, bemerkte er: »Schön, wieder daheim zu sein.« Was Jackie und das Pferd zu dem Trinkspruch »Prost!« veranlaßte. Daraufhin verfielen sie wieder in ein Schweigen, das ein scharfsichtiger Beobachter, dessen Wahrnehmung weder von Alkohol noch von Euphorie getrübt ist, als »düster« bezeichnet hätte. Die Ursache wußte außer ihnen niemand, einfach weil es sich um etwas handelte, das man nicht mitteilen konnte, möglicherweise bis an sein Lebensende nicht. »Wie traurig«, schoß dem Pferd der Gedanke durch den Kopf, »jemanden umlegen zu müssen.« Besonders, wenn man ihn gut leiden konnte.

Und das Pferd mochte Irwin Kerr durchaus. Und Jackie auch. Sie waren mit seinem Bruder zur Schule gegangen. Kannten, Gott noch mal, die ganze Familie. Aber was blieb ihnen anderes übrig? Wegen seines Denunziantentums hatten sie schon drei wertvolle Freiwillige verloren, und wenn man ihm nicht das Handwerk legte, würden sie noch Gott weiß wie viele verlieren. Ganz zu schweigen von Gott weiß wie vielen Waffenlagern. Sie nahmen an, daß er wußte, was mit ihm geschehen würde. Andere Freiwillige hatten ihm gegenüber alle möglichen Andeutungen gemacht (eines Abends, als er aufstand, um zur Toilette zu gehen, hatten sie sogar *The Dead March* gesummt), und Jackie hatte ihn mehrere Male unverhohlen gewarnt. »Wenn sie dich unter Druck setzen«, hatte er zu ihm gesagt, »die Bullen oder wer auch immer – sag uns Bescheid. Sag uns Bescheid, hörst du? Warte nicht, bis es zu spät ist.«

Aber er hatte gewartet, und nun mußte er sterben. Jackie und das Pferd wünschten aufrichtig, die Aufgabe wäre jemand anderem übergeben worden, aber sie waren nun einmal die Ranghöchsten im Ort, da gab's nichts. Sie beschlossen, noch ein Bierchen zu trinken. »Bevor die Bullen kommen!« sagten sie lachend, dann fuhren sie zum Carndonagh Lake, wo der Auftrag erledigt werden sollte.

Es war eine schöne Nacht – über dem stahlgrauen Wasser hing wie ein wundersames Kinderspielzeug ein makelloser Mond. Was die Sache noch schlimmer machte: Als Irwin oder der »Verräter«, wie sie sich jetzt zwangen ihn zu nennen, kam, riß er lauter dümmliche Witze, als hätten sie sich verabredet, um angeln zu gehen. »Kennt ihr schon den von dem Mann aus Cavan, der in Urlaub fährt…«, bis Jackie ihn anraunzte: »Halt's Maul!«

Nachdem sie sein Geständnis auf Tonband aufgenommen hatten, stülpten sie ihm einen schwarzen Plastikmüllsack über den Kopf und führten ihn ab. Da machte er sich gleich doppelt in die Hose. Jackie hätte sich beinahe übergeben, als er nach der Pistole griff. Das Pferd blickte weg, als er abdrückte, und aus lauter Nervosität herrschte Jackie ihn an. »Ich dachte, du würdest es tun!« schrie er. Das Sickern des Bluts vermischte sich mit dem Plätschern des Wassers, und Jackie versuchte, das Geräusch mit noch mehr Geschrei zu übertönen. Er fürchtete sich davor, Irwin aufzuheben, in den Kofferraum zu legen und zum Steinbruch zu fahren, wo sie ihn abladen wollten. Deswegen rief er wieder etwas, ruderte mit den Armen und umkrampfte seine Kehle, als könne auch er den Gestank nun nicht länger ertragen.

Papi, stirb!

Muschi jedenfalls konnte es bestimmt nicht. Auf ihrer Gefängnispritsche schrie sie gellend: »Jetzt komme ich dich holen! Siehst du, endlich komme ich dich holen, du sollst es mir büßen! Genau wie er sollst du's mir büßen!«

Womit sie natürlich Vater Bernard meinte, ihren lieben Vater, dem sie nicht verzeihen konnte!

»Sterben wirst du, Papi!« kreischte sie. »Du und ihr alle, die ihr das Tal vergiftet habt! Ich werde deine Kirche niederbrennen – mit dir drin! Du glaubst mir nicht? Du wirst schon sehen, ich habe die ganze Nacht Zeit, und ich werde nicht eher ruhen, als bis ich es hinter mir habe!«

Siebenundvierzigstes Kapitel
Vicky mag Lachsrosa!!

Das Gekreische einer bösen Fee, die ihre Wut ausläßt! Trotzdem war sie etwas nervös, als Big Vicky jetzt die Tür aufmachte und zurücktrat, um seinen Besuch zu mustern. »Ach lieber Gott, mach, daß ich knackig aussehe!« sagte Pussy zu sich und raffte ihren Rock ein wenig. Big Vicky war der einzige, der sie ansah, denn die anderen waren viel zu sehr damit beschäftigt, die Sauerei wegzumachen, nachdem ihr Folteropfer seinen Geist ausgehaucht hatte – nicht Pat McGrane, sondern ein Nachbar, der nicht weit von ihm gewohnt hatte. Und wie gewöhnlich fluchten sie und beschwerten sich darüber, daß sie jedesmal, wenn sie eine Sache hinter sich gebracht hatten, den Fußboden mit dem Schlauch abspritzen mußten und was nicht noch. Sie waren immer noch damit zugange, als sich Vicky in seiner kugelsicheren Weste mit dem Arm über den Mund fuhr, die Zunge in die Backentasche schob und sagte: »Schaut mal, Jungs! Sieht ganz so aus, als hätten wir Besuch.« Daß unsere süße, kleine Pussy die kostspieligste Reizwäsche ausgesucht hatte, die sich finden ließ, war eine kluge Vorsichtsmaßnahme, denn den wütenden Bemerkungen über ihre ermüdende Nacharbeit ließ sich entnehmen, daß diese Männer kurz davor waren, die Geduld zu verlieren (»Dieser beschissene Big Vicky! Dieser kotzbeschissene Big Vicky – immer kommandiert er uns rum!«), und so wollte Pussy nicht enden: am Schwanz von den Dachsparren hängen, und fiese Kerls bohren mit Messern in ihrem blassen, weißen Fleisch herum!

War ich froh, daß Vicky Lachsrosa mochte! »Habe ich eigens für dich angezogen«, sagte ich und schenkte ihm ein schelmisches Lächeln. »Aber wir spielen nur unter vier Augen! Die süße Muschi ist schüchtern«, sagte ich.

Da sind dem Big Vicky aber die Augen übergegangen! Er zwinkerte seinen tätowierten Freunden zu und nahm Pussy bei der Hand, um ihr seine große Pistole zu zeigen.

Was er auch tat! Oh! Da wurde sie vielleicht aufgeregt!

»Menschenskinder! Was für eine riesengroße Kanone!« japste sie, als sie sie hinter seine riesengroßen kugelsicheren Weste hervorlugen sah. »Was für eine ist denn das?« erkundigte sie sich demütig, denn bei Waffen kannte sie sich gar nicht aus. Wie sie ihm, den Finger im Mund, gestand.

Und was er, wie er sagte, sehr gern hörte, weil er ihr dann alles erklären konnte. »Hoppla! Guck mal! Dein Dödel macht ja schlapp!« dachte Muschi, wagte aber nichts zu sagen – denn der große Rote mochte das vielleicht ganz und gar nicht! Womöglich ging er noch her und schoß die arme Wuppdich in den Dingsbums! Aber nein – der ist viel zu sehr damit beschäftigt, sie rauszuholen – seine riesengroße Kanone natürlich! Sie zu streicheln wie das wertvollste Edelmetall der Welt und zu sagen: »Wie Dirty Harry sagt – das ist eine Magnum, die beste Faustfeuerwaffe der Welt. Willst du mal sehen, wie sie einen Mann zurichten kann?«

»Oder ein Mädchen, Vicky, du Loser!« sagt Pussy, und bei dem Gedanken fröstelt und schaudert es sie. Dann klappert sie mit den Augendeckeln und fleht: »Darf ich mal?«

»Aber natürlich!« sagt Big Vicky mit einem Augenzwinkern, das verspricht: »Aber ich hab' noch 'ne viel größere, die zeige ich dir später.«

Was er, wie Pussy wohl weiß, natürlich hat, nur daß Vicky jetzt mitkriegt, daß es keins geben wird, kein »Danach«, wo doch Pussy jetzt abdrückt und mitten in seinem ablehnenden Gesicht ein riesiges Loch hinterläßt. Ablehnend deswegen, weil er sich einzureden scheint: »Behaupte du nur, daß es passiert, ich bin da anderer Meinung.« Worauf es aber sowieso nicht mehr sehr ankam, denn ehe er noch Zeit hatte, den Streit mit sich oder dem anderen auszukämpfen, dessen Gesicht er vor sich sah, hatte Pussy doch tatsächlich ein zweites Mal abgedrückt – diesmal zielte sie auf sein Ihr-wißt-schon-was! Und schämte sich kein bißchen! War nicht im mindesten beunruhigt, als sie sich ein winziges Fitzchen Lippenstift von der Unterlippe ableckte und sagte: »Wollen wir doch mal sehen, was du jetzt mit ihm anstellst, mein großer Liebling! Mein großer, großer Liebling Vicky!«

Terence hatte recht

(Diesen Teil lese ich nur höchst ungern, weil ich weiß, daß Terence recht hatte von wegen Verzeihen – und er enthält alles, was ich seiner Meinung nach nicht fühlen soll! Aber hier ist er – mit den Fingerabdrücken zweifelhafter Kunden versehen. Tut mir leid, Ters. Hab's nicht so gemeint. Warum, glaubst du, habe ich sie wohl aufgehoben? Wenn ich dich hassen würde, hätte ich diese Seiten längst verbrannt, zusammen mit jeder Erinnerung an dich. Von wegen!)

Achtundvierzigstes Kapitel
Eine Kirche steht in Flammen

Vater Bernard wäscht sich gründlich die Hände, pfeift vor sich hin und überlegt: »Habe ich auch alles?« Denn todsicher würde er wieder etwas vergessen, wie jeden Samstagabend, wenn er zur Kirche ging, um die Beichte abzunehmen. Ob sein Rosenkranz, sein Gebetbuch oder seine Pfefferminzbonbons – immer fiel es ihm erst dann ein, wenn er schon auf halbem Wege war, und dann mußte er die ganze Strecke zurücklaufen, den Hügel hinab zur Pfarrei, um es zu holen. »Nein, ich bin mir fast sicher, daß ich alles bei mir habe«, dachte er und trocknete seine Hände an dem Handtuch, das seine Haushälterin Mrs. McGlynn (die nach all den Jahren noch immer bei ihm war; sie war ja nur einmal Mitte der fünfziger Jahre für kurze Zeit fortgewesen, als... Nein! Nein! Bitte nicht!), das also seine Haushälterin wie stets zierlich und zärtlich für ihn gewaschen hatte. Seufzend überprüfte er ein letztes Mal seine Habseligkeiten – manchmal war ihm die eigene Pedanterie verhaßt –, dann schloß er die Türe und machte sich auf den Weg den Hügel hinauf zur Kirche vom Heiligen Erlöser.

Das erste Beichtkind, auf das sein Blick fiel, war Mrs. McGivney, eine fromme Frau in den Sechzigern, die, Gott segne sie, im Leben keine schwerere Sünde begangen hatte, als lieblose Gedanken gegen ihre Nachbarn zu hegen. In der Nähe saß P. Counihan, ein Anwalt fortgeschrittenen Alters, der noch nie die tägliche Messe versäumt hatte, solange Vater Bernard zurückdenken konnte.

Diese beiden guten Christenmenschen bedachte Vater Bernard mit einem freundlichen und dankbaren Nicken, ehe er vor seinem Beichtstuhl stehenblieb und die Tür öffnete. Beiläufig fragte er sich, wer wohl die Fremde sein mochte, die Frau mit Kopftuch und Mantel, die da, den Kopf in den Händen vergraben und in ein inbrünstiges Gebet vertieft, im Seitenschiff kniete. Als er im Beichstuhl Platz nahm, sagte er sich, daß er sie begrüßen mußte, bevor er ging – falls sie dann noch da war.

Was sie in der Tat noch war! Schließlich kommt man nicht von so weit her, weil man sich etwas vorgenommen hat, und macht dann im letzten Augenblick kehrt und läßt es bleiben! Jedenfalls nicht die finstere, traumverlorene Rächerin! Nicht nach allem, was sie durchgemacht hat!

Deswegen war sie jetzt so aufgedreht wie ein Zicklein! Ihr dürft nicht vergessen – es war das erste Mal, daß sie ihren Vater sah, seit sie von der Schule verwiesen worden und nach England gegangen war! Und davor hatte sie herzlich wenig von ihm zu sehen bekommen, nur die fliegenden Schöße seiner Soutane oder ein scheues Lächeln, wenn Papi auf der Straße seine Schritte beschleunigte und bei sich dachte: »O nein! Nicht der! Mein dubioser Sohnemann! Jetzt kommt er auch noch auf mich zu, um mit mir zu reden!«

Was natürlich die Frage aufwirft, was das heißen sollte – der!

»Was soll das heißen – der?« hatte Pussy vorgehabt zu fragen – und just in diesem Augenblick ihren Mantel auseinanderzuschlagen!

Ohne Zweifel würde ihm das einen kleinen Schrekken einjagen! Schließlich kommt es nicht alle Tage vor, daß man Mitte der fünfziger Jahre eine Frau in einem alten Hauskittel und Kopftuch sieht, und plötzlich begegnet man ihr wieder im Jahre 1974, und sie trägt gelbkarierte Blusen und Caprihosen à la Mitzi Gaynor! Natürlich nicht!

Wen wundert's da, daß er anfing zu weinen, der arme Vater Bernard: »Wer – wer in aller Welt bist du denn? Und was hast du in meiner Kirche zu suchen?«

* * *

Was natürlich schon langte, denn inzwischen hatte Muschi, und wer könnte's ihr verdenken, genug von dieser Art Verhör, ganz zu schweigen von Fragen wie »Was bist du denn?«, die sie ebenfalls über sich ergehen lassen mußte. Jetzt reichte es ihr, und so zerkratzte sie ihm das Gesicht und zerkratzte es noch einmal, und er rief nein, nein, nein! »Oh nein!« zischte sie, »stimmt, ich bin nicht dein Sohn, mein Vater, ich bin nämlich deine Tochter, ist dir das noch nicht aufgefallen, du herrlicher Mann in Spitze und Serge, du bist mir auf deinen Reisen begegnet«, und sie hob die Hand, um ihm das Auge auszudrücken. Da fiel er in die brennenden Kerzen und flehte um Gnade, genau wie »Ach!«, der arme Heiland am Kreuz, aber ich fürchte, es wurde ihm keine zuteil, nicht ein Fitzelchen fand sich, als draußen in der Nacht eine böse Schlampe wütete und die Kirche niederbrannte: das Portal mit Benzin bespritzte und eine Wachskerze mit blauer Flamme ins Innere schleuderte. Durch das Tal schwebte ihr Wahnsinn – wie wollt ihr es sonst nennen? – wie ein krächzender Nachtvogel von schwärzester Farbe. Die Flammen schlugen in die Höhe, und vor ihren wilden, verwegenen Augen schmolz das Fleisch auf den Knochen eines alten Mannes.

»Du verfluchtes Schwein!« kreischte sie, ein böser Kobold auf einem farn- und ginsterbewachsenen Hügel. »Du gottverdammtes Schwein! Nie werde ich dir verzeihen! Nie, nie, nie!«

Neunundvierzigstes Kapitel
Plötzlich Maschinengewehrgarben

Bei Mulvey's ist nicht viel los. Die Leute kommen in der Regel erst so gegen neun. Weswegen es auch überhaupt kein Gedränge gibt, nur der Nachrichtensprecher verliest wieder einmal Einzelheiten über irgendwelche Mordfälle im Norden und bittet die Ladeninhaber von Ballymena, in ihre Geschäftsräume zurückzukehren. »Ach ja«, seufzt Dessie, während er unter dem Wasserhahn die Gläser spült. Einer der Gäste steckt sich seine Major-Filterzigarette zwischen die Lippen und tut einen langen, tief befriedigenden Zug. Da zerbirst die Scheibe des Fensters zur Straße, eine zungenförmige Scherbe schlägt ihm die Kippe aus der Hand und hätte ihm beinahe noch die Backe abgesäbelt. Für einen Augenblick will Dessie sagen: »Also wirklich, Jungs! Laßt das doch!« Aber bald weiß er es besser: Eine Harfe in einer Glasvitrine – von einem Gefangenen in einem der Hochsicherheitsgefängnisse des Landes geschnitzt – fällt zu Boden und zerschellt in tausend Stücke. Lächerlicherweise denkt der Gast auf seinem Barhocker immer noch: »Was ist denn das – das Ende der Welt oder was?« Da zersiebt eine weitere Maschinengewehrgarbe die Wände, gefolgt von einem maliziösen mädchenhaften Gekicher draußen. Denn natürlich ist es Muschi – wer sonst? –, die sich jetzt in die Dunkelheit zurückzieht, aufgedreht, schweißbedeckt und betrübt, daß ihr keine andere Wahl blieb. Aber was hätte sie tun sollen? Sie schaut zu, wie die brennenden Reste der Kirche vom Heiligen Erlöser das gesamte Tal erhellen und die häßlichen Flammen so aufreizend züngeln, als wollten sie sagen: »Damit habt ihr wohl nicht gerechnet, ihr Leute von Tyreelin?«

Frei!

Genau in dem Moment reißt sie die Augen auf. Die Rache unvollendet! »Oh nein!« ruft sie. Aber wen sieht sie da – Routledge mit einem großen Zinnbecher dampfenden Tees und einem strahlenden Lächeln, das sagt: »Du bist frei!«

Fünfzigstes Kapitel
Lynsey de Paul

Was natürlich eine schlechte Sache war (ich glaube, von jetzt an werde ich ehrlich sein und nur noch für mich schreiben – irgendwie habe ich den Verdacht, daß mein Arzt heute morgen nicht kommen wird – ha ha!), denn obwohl ich jede Menge Blödsinn träumte und mir heftige Rachegedanken und Vergeltungsschläge durch den Kopf gingen, machten mich die Beruhigungsmittel in der Haft ein bißchen träge, und ich fühlte mich nicht so wie in dem Augenblick, als ich ins Freie trat – jawohl! wie in ein Wurfgeschütz gesteckt und zwei Millionen Meilen weit in den Himmel geschleudert ohne die leiseste Ahnung, wo ich landen würde, und, was noch schlimmer war, ich wußte, daß meine Beine, wenn ich endlich ankäme, wieder butterweich würden und da jemand wäre, der sagen würde: »Was willst du denn hier?«

Aber wie ich es auch anstellte, mein Protest nutzte nichts. Schließlich drängten Routledge und Wallis mich aufgetakelt wie der Popsänger Gilbert O'Sullivan in einem Haufen abgelegter Sträflingsklamotten, die sie in einem Spind gefunden hatten, buchstäblich aus der Wache und meinten: »Jetzt wechselt du aber den Beruf, haben wir uns verstanden, Pat?«

Dabei wußten sie genau, daß ich nicht die leiseste Absicht hatte, das zu tun, nicht nur weil ich schnell zu Bargeld kommen mußte, um mich wieder in Schale werfen zu können (in diesen Lumpen kam ich mir entsetzlich vor!), sondern wohl auch, weil ich insgeheim hoffte, daß ich eines Tages aufblicken würde, und da wären Routledge und olle Wallis und würden plötzlich in Trab verfallen und »Ihm nach!« rufen und mich wieder hinter

Gitter bringen, wo ich's gemütlich und behaglich hätte, ein echtes Zuhause und immer zur Stelle, und meine beiden Wächter würden sagen: »Na ja, wenigstens kann er sagen, daß wir ihn kennen!«

* * *

Wie ich so meinem Geschäft nachging – mit anderen Worten, mein Gewerbe betrieb –, hättet ihr mal das Gesicht des Gentleman aus der City sehen sollen, als er mich in meiner Hose entdeckte!

»Das ist ja, als würde man mit Charlie Chaplin schlafen!« sagte er, und ich nahm die funkelnagelneuen Scheine entgegen und stimmte ihm zu.

Erklären zu wollen, weshalb ich so viele Pfeifenköpfe befriedigen und das Geld für die Heimfahrt nach Tyreelin zusammenbekommen wollte, ist sinnlos. Ich war einfach völlig aufgekratzt, das war alles! Ich glaube, meine Gefängnisträume hatten mir den Kopf verdreht, und ich fing ernstlich an zu glauben, daß ich mich tatsächlich auf einen irren, halluzinatorischen Rachefeldzug begeben würde!

* * *

Eines war sicher – ich hatte mich wirklich in Schale geworfen, denn der Typ, der im Flugzeug neben mir saß (Ja! ich hab mir gesagt, warum nicht? Ich scheiße auf die häßliche Fähre! Schließlich hatte ich in einer einzigen Woche ein Vermögen verdient!), konnte gar nicht genug für mich tun, beugte sich alle Augenblicke zu mir und wollte wissen, ob mir der Flug gefiel und ob ich irgend etwas brauchte, vielleicht noch einen Drink, und was ich von London hielt und was nicht noch! Mir fiel gar nicht auf – so aufgeregt war ich von allem und von der Geschwindigkeit, mit der es zu geschehen schien – daß ich schon längst nicht mehr auf der Pfanne des Wurfgeschosses lag, sondern viel höher und weiter geschossen worden war, als ich mir in meinen wildesten und ängstlichsten Momenten auch nur hätte träumen lassen. Denn obwohl ich wußte, daß ich das Theater, das ich ihm vorspielte, wie ich so an meinen Ringen herumfummelte, mit den Augendeckeln klapperte und so weiter, vielleicht mit einem Freier in der Abgeschiedenheit eines Hotelzimmers weitergetrieben hätte, in der Öffentlichkeit hätte ich es nie und nimmer, in einer Million Jahren nicht, niemals, niemals, niemals! (Wenigstens soviel Verstand hatte ich!) Ich konnte einfach nicht stillsitzen, zupfte an meinen Nylons, an meinen Ohrringen herum! Und machte einen Schmollmund! Und als er sagte: »Wissen Sie was? Sie sehen aus wie Lynsey de Paul!« (ich hatte mir einen Schönheitsfleck aufgemalt!) – also, da war ich ganz aus dem Häuschen!

Einundfünfzigstes Kapitel
Ich mische mich zu sehr in alles ein!

Und womöglich war ich zu der Zeit der schlimmste Mensch, mit dem Charlie sich einlassen konnte, denn ich war – ich kann's nicht leugnen – von mir selbst besessen, zog mich, du liebe Güte, dreimal am Tag um und konzentrierte mich manchmal so sehr darauf, mir die Lippen nachzuziehen, daß ich kein Wort mitbekam von dem, was sie sagte.

Aber in anderer Hinsicht stimmt das nicht – ganz und gar nicht! Denn wenn ich nicht dagewesen wäre, hätte sie überhaupt niemanden gehabt, von einer Bleibe ganz zu schweigen! Wer ist denn zum Maklerbüro gegangen und hat den Bungalow gemietet? Der arme Kerl konnte es nicht fassen, als er sah, wieviel Schotter ich hatte! Dem wären fast die Augen aus dem Kopf gefallen! »Für wen wollen Sie den denn?« fragte er, als er die Scheine nachzählte. »Ach, nur für Charlie und mich!« antwortete ich, ohne weiter auf ihn zu achten; was ich jedoch bereute, als ich sah, wie er mich musterte. Gott sei Dank war ich so klug, sofort hinterherzuschicken: »Ach, und für ein paar andere – Mädchen von der Bank!«

Was er mir natürlich nicht abnahm – wie sollte er auch, wo's doch nichts als ein Sack voll Lügen war! Ich kannte doch gar keine Mädchen von der Bank! Aber eins wußte ich: daß Charlie Kane einen Unterschlupf brauchte, und zwar sofort, denn wenn sie noch mehr Nächte im Freien verbrachte, dann würde die dumme Kuh an Lungenentzündung sterben!

Geschehen war nämlich folgendes: Nach Irwins Ermordung ging es ihr so schlecht, daß sie alle ihre Prüfungen versäumte, und als sie das Jahr wiederholte, ließ sie sich auf Rauschgift ein. Sie wurde ertappt und vom College verwiesen – deshalb bekam sie wieder heftigen Streit mit ihren Eltern, der damit endete, daß sie rausgeschmissen wurde. Wirklich unfaßbar, daß so was möglich war. Daß die Vogelscheuche, die ich mit 'ner Flasche Wodka in der Hand im Dorf herumtaumeln sah, dieselbe alte Charlie war, die ich mein ganzes Leben lang gekannt hatte, war genauso unfaßbar – aber so war's nun mal!

Ihr hättet das Gesicht ihrer Mutter sehen sollen, als wir hin sind, um ihre Siebensachen abzuholen! Als sie mich erblickte, wurde sie kreidebleich und wich zurück, als wollte ich über sie herfallen oder so. »Bist du das, Patrick?« fragte sie. »Patrick Braden?« Und als ich bejahte, musterte sie mich von oben bis unten, senkte die Stimme und sagte bebend: »Ich hole sie dir.« Ich blieb auf der Türschwelle stehen, zog meinen Rock zurecht, nestelte an meinen Blusenknöpfen herum und wartete darauf, daß sie mich hineinbitten würde – was sie aber nicht tat!

Das Beste, was ich je für Charlie getan habe, war der Kauf eines Hundes, der ihr Gesellschaft leisten sollte – es funktionierte genauso, wie ich gehofft hatte, wirklich! Es war ein kleiner Terrier mit Fledermausohren (eine Kreuzung aus Spitz und Jack Russell, hieß es), der auf den Namen »Squire« hörte – nach Chris Squire, dem Baßgitarristen von Yes – und ihr Stunden um Stunden der Freude bereitete, ehe die niederträchtigen Saukerle ihn umbrachten!

Denn genau das sind sie – niederträchtig! Alle miteinander niederträchtig, gemein und verrucht – so was zu tun!

Ganz egal, welche Mißverständnisse es wegen Martina Sheridan gegeben haben mochte, habe ich Terence gesagt, so was kann schon mal passieren – das weiß jeder! Das ist eine Sache! Aber so was zu tun – einen armen kleinen Hund mit Stacheldraht zu erdrosseln!

Nur daß es, wie Terence mir klarmachte – ich kann euch überhaupt nicht sagen, wieviel ich diesem Mann zu verdanken habe –, keinen Sinn hat, immer wieder »die!« zu sagen.

(Hatte es die ganze Stadt auf dich abgesehen und dafür gesorgt, daß dem Hund etwas so Schreckliches widerfuhr?)

Natürlich nicht! Dafür war eine kleine Minderheit verantwortlich – Leute, die selber nicht glücklich waren und offenbar nichts Besseres zu tun hatten, als dafür zu sorgen, daß es auch sonst niemand war. Besonders traurig ist, daß Charlie und ich uns bis dahin glänzend amüsiert hatten – wir hatten eine herrliche Zeit miteinander, ehrlich! Ich war von morgens bis abends am Schrubben und Wienern, bis das Haus blitzsauber war, dann setzte ich mich hin, schmökerte in meinen Illustrierten und trank Kaffee und so.

Obwohl wir, wie gesagt, eine herrliche Zeit miteinander verbrachten, war es immer noch sehr mühsam, Charlie ein vernünftiges Wort zu entlocken, denn sie trank nach wie vor, versteht ihr, und manchmal, um die Wahrheit zu sagen, mußte ich nach oben gehen und sie bitten, den Plattenspieler auszuschalten. Einmal verlor ich so sehr die Beherrschung, daß ich sie anschrie: »Ich glaube, wir haben jetzt genug Yes gehört, Charlie, meinst du nicht, daß wir jetzt genug Yes gehört haben, Himmel noch mal!« Danach hat's mir leid getan, denn sie schaute mich mit diesem bestürzten, verwirrten Blick an.

Was bedeutet, daß ich mit meinem Nerven, ohne es zu merken, ziemlich am Ende war, und wo ich soviel Zeit zur Verfügung hatte – ich meine, meine Hausarbeit war größenteils bis Mittag erledigt –, habe ich mich vielleicht wirklich, wie Terence meint – und ich mache ihm deswegen keine Vorwürfe, denn er versuchte ja nur, mir zu helfen –, zu sehr in alles eingemischt.

Eigentlich habe ich an diese Zeit nur noch die Erinnerung, wie ich da am Fenster sitze. Plötzlich sehe ich einen Fleck auf der Jalousie und renne raus, hole einen Lappen und wische ihn weg, und wenn ich wieder die Kaffeetasse an die Lippen setze, breche ich mit einem Mal in Tränen aus. Ich hatte nicht den leisesten Schimmer, was das alles zu bedeuten hatte, denn wie gesagt, eigentlich hätte ich mächtig glücklich sein müssen – schließlich hatte ich nicht annähernd das durchgemacht, was Charlie durchmachen mußte. Ich hatte keinen geliebten Menschen identifizieren müssen, der ein Loch im Schädel hatte, so groß, daß man seine Faust hineinstecken konnte. Und trotzdem war mir dauernd zum Weinen zumute.

Vielleicht erklärt das auch, weshalb mir Martina Sheridan nicht aus dem Kopf ging. Ich weiß nicht, ob das alles nur ein Vorwand war, ob ich meine Weinerlichkeit nur an ihr ausgelassen habe. Ich weiß nur, daß ich sie nicht anbrüllen oder meine Nase in ihre Angelegenheiten stecken wollte. Ich wollte ihr doch nur helfen. Ihr klarmachen, worauf sie sich einließ. Ich wußte, daß Tommy McNamee sich nichts aus ihr machte. Er war verheiratet, und wenn er bekommen hätte, was er wollte, würde er sie einfach sitzenlassen, wahrscheinlich nicht einmal ihren Namen behalten. Aber das konnte sie nicht wissen. Sie war zu jung, wie hätte sie es wissen sollen? Sie konnte es nicht begreifen!

Was mir wirklich leid tut, ist, daß ich sie damals hinter der Molkerei geschüttelt habe, inzwischen weiß ich, daß ich's getan habe, getan haben muß, denn deswegen fing sie ja an zu heulen. Es tut mir aufrichtig leid, daß es so weit kommen mußte. Nicht weil damit alles verdorben war und das Dorf in helle Aufregung geriet, sondern weil danach auch ich ganz aufgeregt wurde und nicht mehr wußte, was ich sagte. Am Ende war ich so was von durchgedreht, daß meine Stimme ganz schrill klang und Martina nicht verstand, was ich sagte und dadurch das ganze Unternehmen sinnlos wurde.

»Tommy McNamee nutzt dich doch nur aus!« rief ich immer wieder. »Der benutzt dich, und dann läßt er dich sitzen! Siehst du das denn nicht? Warum nicht, Martina? Warum?«

Ich kann euch gar nicht sagen, wie niedergeschlagen ich danach war, so niedergeschlagen, daß selbst Charlie kapierte: Ich war noch schlimmer dran als sie. Sie legte den Arm um mich und sagte, es würde schon wieder alles wieder gut werden, aber ich wußte, daß das nicht stimmte. Weshalb schob denn die Hälfte der jungen Mädchen im Dorf Kinderwagen mit Blagen drin, die sie nie wuschen, die sie nicht herausnahmen, um sie wenigstens ab und zu mal zu knuddeln? Warum? Weil sie sie nicht wollten!

»Und nie gewollt haben, Charlie, von Anfang an nicht!« sagte ich und fing an zu schniefen. Mir stand alles ganz klar vor Augen: die Nonne, die sie zwingt, die Papiere zu unterschreiben, Martina, selber fast noch ein Kind, und das Baby mit dem Namensband um den Knöchel, das ihr weggenommen und Wildfremden übergeben wird, das auf Nimmerwiedersehen aus seinem Dorf und seinem Zuhause (Zuhause? Ha!) verschwindet.

Es war alles so vorhersehbar, daß mir, nachdem ich das Papiertaschentuch, das Charlie mir gegeben hatte, in Fetzen gerissen hatte, nichts anderes übrigblieb, als sie beim Handgelenk zu packen (als könnte ich mich daran festhalten) und zu sagen: »O Charlie! Charlie! Charlie Kane! Daß ich immer so durchdrehen muß!«

Zweiundfünfzigstes Kapitel
»Ich bin verliebt!«

Das hättet ihr von den höchsten Dächern rufen können, denn jedes Wort stimmte. Meine Tränen und meine aufgeregten nächtlichen Spaziergänge waren nichts im Vergleich zu dem, was mir jetzt widerfahren sollte. Die Sehnsucht jeder Frau, jedes jungen Mädchens – daß sie allmorgendlich mit einem Kribbeln im Bauch und einem Glitzern in den Augen erwacht! Und jedesmal denkt sie: »Ach, das ist doch albern! Das bin ich doch gar nicht! Das kann ich wirklich nicht sein!« Und dann stellt sie mit einem köstlichen Entzücken fest, daß sie es nicht nur sein kann, sein könnte, sondern ist! Ist! Ist!

Und deswegen rief ich: »Endlich ist es passiert! Ich bin verliebt! Ich habe meinen häuslichen Mann gefunden!«

Ach, ich weiß, Terence sagt, ich wäre davongeschwebt und hätte Tyreelin wieder einmal verlassen sollen, aber er versteht das nicht – er kann nun wirklich nicht wissen, wie das war an dem Tag, als es geschah, an dem allerersten Tag, als ich es in mir spürte, als es in mir funkelte wie Sonnenlicht! Am merkwürdigsten war, daß ich ihn so oft gesehen hatte – wie er in seiner Jeansjacke umherschlenderte, sich im Wettbüro herumtrieb oder ein Streichholz in die Luft schnipste.

Aber bis zu jenem Abend im Mulvey's, als ich es im Magen spürte, als mir ganz flau, schwach und mulmig zumute wurde, hätte ich mir nicht träumen lassen, daß es geschehen würde. Was mir am meisten Mut machte: Ich wußte, daß er mich wahrgenommen hatte – obwohl ich nur einen schlichten, braunen Wildlederrock, eine gerippte schwarze Strumpfhose und eine rosa Lambswoolstrickjacke mit Blumenstickerei trug. Ich hatte Charlie gebeten mitzukommen, aber sie war so bezischt, daß ich kein Wort aus ihr herausbekam. Da habe ich einfach gesagt: »Ach, mach doch, was du willst, Charlie!« und mich auf den Weg gemacht.

Danach war ich so aufgeregt, daß ich, als ich heimkam, Charlie aufweckte und mit klopfendem Herzen rief: »Es ist passiert, Charlie! Endlich ist es passiert! Es ist passiert! Ich bin zu Hause! Zu Hause!« Und ich bin zu ihr ins Bett geklettert und hab sie umschlungen, umhalst und umarmt und hab gesungen:

Up on the moon
We'll all be there soon
Watching the earth down below
We'll visit the stars
And journey to Mars
Finding our breakfast on Pluto!

Dann hab ich gerufen: »Charlie! Ich bin so glücklich!«

Wie ich so dalag, im Fenster der Mond und meine Hände mit Charlies verschränkt, mußte ich immerzu an ihn denken – wie er von seinem Barhocker aufgestanden war, um zur Toilette zu gehen, und wie die Schlüssel an seinem Gürtel geklirrt hatten, als er sich die großen, dunklen Koteletten kratzte und den Kopf zurückwarf, um über einen Witz zu lachen, den sein Zechkumpan ihm erzählt hatte. Ich lag da und flüsterte die ganze Nacht vor mich hin: »Mein Schmusebär« (das war sein Spitzname – aus Starsky und Hutch –, weil er so groß und stark war!).

Als der Morgen dämmerte, hatte ich meine Fingernägel bis aufs Fleisch abgekaut, und kaum war ich aus den Federn, stand ich auch schon vor dem Schrank und zerrte Slips und Kleider heraus. Ich war schon wieder völlig durchgedreht – was, wenn ich das verkehrte Outfit anhatte, wenn ich ihn traf!

Dreiundfünfzigstes Kapitel
Wenn ich nicht da wäre!

Ich habe mich deswegen mit Terence gestritten, der nämlich dauernd behauptete, ich hätte wissen müssen, daß ich in Schwulitäten geraten würde, weil die Leute die Episode mit Martina nicht so schnell vergessen würden, was richtig sein mag, aber versteht ihr, wenn man verliebt ist, denkt man über so was nicht nach, und das ist etwas, was Terence nie verstehen wird! Weil er noch nie verliebt war! Er hat keine Ahnung, was es heißt, sich beim Aufwachen so leicht wie eine Feder zu fühlen, die von der schönsten Brise, die man sich vorstellen kann, fortgeweht und weggepustet wird! Und die ihn so lange tragen wird, wie die Liebe fortdauert, die ihn mit dem Menschen verbindet, der ihm im Leben der liebste ist. Was in meinem Fall nicht sehr lange war, fürchte ich! Eigentlich nur drei Tage! Ganze drei Tage! Ich bin mir fast sicher, daß ich Terence lächeln sah, als ich ihm diese Kleinigkeit anvertraute! Gott, wie peinlich es mir ist, das zuzugeben!

Geschehen war, versteht ihr, folgendes: Als ich am ersten Abend mitkriegte, daß ich Brendan Cleeve (das war sein richtiger Name) aufgefallen war – ich meine, ich hab's mir nicht nur eingebildet, ich habe genau gesehen, wie er meine Beine begafft hat – nun ja, ich fürchte, danach ist nichts weiter passiert. Und weiß der Himmel, es hat bestimmt nicht daran gelegen, daß ich es nicht darauf angelegt hätte – denn jeden Abend ab sechs Uhr war ich im Pub. Mehr als bereit, die vorhersagbaren Bemerkungen der halbtrunkenen Stammgäste (»Seht mal! Da ist sie ja! Schön dich zu sehen, dich schön zu sehen! Uuuh! Mach doch mal die Tür zu!«) über mich ergehen zu lassen in der Hoffnung, er würde kommen.

Was er gewöhnlich tat – aber nicht, um mit mir zu reden! Ja, wenn ich ehrlich bin, war die einzige Schlußfolgerung, die man aus seinem Benehmen ziehen konnte, die, daß er alles tat, um mich zu demütigen. Ich weiß nicht, wie oft ich mir das Haar zurückgestrichen und in seine Richtung gelächelt habe. Ich weiß nur, daß er durch mich hindurchgesehen hat, als wäre ich Luft.

Ich muß wohl zugeben, daß ich, wie Terence sagt, nach allem, was ich in England durchgemacht hatte, und nach all den dummen Sachen, die ich angestellt und über die ich nachgedacht hatte, noch um einiges durchgedrehter war, als ich mir einbildete (könnt ihr euch vorstellen, ihr klettert die höchste Leiter in der Welt hinauf, und dann wird euch das Ding weggenommen?), oder ich hätte an jenem dritten Tag nicht getan, was ich tat, angefangen zu flennen, meine ich, nicht die andere Geschichte.

Vierundfünfzigstes Kapitel
Die andere Geschichte

Die andere Geschichte – (Die abgebrannte Kirche? Nein! Ich war so froh, daß ich das vollkommen vergessen hatte!) – war unverzeihlich, und sollte ich Tina Kelleher jemals wiedersehen, werde ich mich von ganzem Herzen bei ihr entschuldigen, denn was ich getan hatte, war schrecklich, schrecklich, und nur ein Rabenaas würde so etwas tun, und ich muß gestehen, daß ich, als ich im Mulvey's mit trüben Augen vor meinem Gin saß und dachte: »Er beachtet mich schon wieder nicht«, genau das geworden war: ein Rabenaas, ein anderes Wort gibt es dafür nicht. Es ist einfach so, daß ich mir alles so wunderschön ausgemalt hatte, er und ich endlich zusammen in dem Haus, von dem ich immer schon geträumt hatte, an der Wand unser *Chez Nous*-Bild (»Das ist unser kleines Heim«) mit den hübsch verschlungenen Blumen, und wenn er von der Arbeit nach Hause kommt, ist ihm zuliebe alles blitzblank, und mit einer Bestimmtheit, die bedeutet: »Du gehörst hierher! Hierher und sonst nirgendwohin!«, legt er den Arm um dich, statt dich mit seinen braunen Marmoraugen zu durchbohren, die sagen: »Wer bist du denn?« Ach wo! Die sagen: »*Was* bist du denn?«

Ich wußte, daß seit dem Vorfall mit Sheridan einige so sagten, war mir dessen sicher, denn es gab Orte – ob ihr's glaubt oder nicht, sogar der Supermarkt –, wo das Gespräch jäh verstummte, sobald ich hereinkam. Ich fürchte, das beweist, wie sehr ich bereits hinüber war, wo mir doch noch am Abend, bevor es geschah, ganz warm und behaglich zumute gewesen war bei dem Gedanken: »Na, wenigstens das wird Brendan Schmusebär nie in den Sinn kommen.«

Und dann geschah's – die Marmoraugen durchbohrten mich, als wollten sie ein Foto oder ein Schild an der Wand betrachten, und ich wäre im Weg. Ich weiß, das entschuldigt meine Tat nicht, und ich glaube, nein, ich bin fest überzeugt, wenn ich danach nicht so nervös und beklommen gewesen wäre, hätte ich es nie getan. Ich hätte ausgetrunken und wäre rausgegangen, um mich ein wenig auszulüften, und das werde ich auch Tina Kelleher sagen, sollte ich sie je zufällig auf der Straße oder sonstwo wiedersehen.

Ich wußte, sie hatte sich mit ihm unterhalten, und dagegen hätte ich eigentlich nichts einzuwenden gehabt – ich meine, Himmel noch mal, man wird sich ja wohl noch mit jemandem unterhalten dürfen –, und ob es nun die Tatsache war, daß sie ihren Barhocker neben seinen rückte oder seinen Arm berührte, bevor ihre Lippen sich trafen, könnte ich wirklich nicht sagen. Terence zuliebe habe ich mich so bemüht, mich zu erinnern, aber das einzige, was ich vor mir sehe, ist eine Art verwischtes Bild, wie ich (aus meilenwerter Entfernung!) auf dieses Mädchen herabblicke – das bin natürlich ich! –, das sich von seinem Sitzplatz an der Wand erhebt, langsam die Kneipe durchquert und mit einem seltsamen Blick lächelt. Es scheint eine Ewigkeit zu dauern, denn alle machen weiter, sehen fern, bestellen Getränke, führen politische Debatten – und niemand merkt, was vor sich geht, bis jemand ruft: »Allmächtiger! Tina! Deine Haare brennen!«, und danach schreit alles durcheinander und versucht, die Flammen mit Tüchern zu ersticken, und Brendan sieht mich an mit einem Blick, den ich, das habe ich Terence gesagt, niemals vergessen werde, solange ich noch einen Funken Leben im Leib habe.

Fünfundfünfzigstes Kapitel
Wir gehen für immer aus Tyreelin fort

Danach wurden meine Kleider und meine anderen Sachen von der Wäscheleine gestohlen. (Ich gebe nicht Brendan die Schuld daran – ich glaube, es könnten Smigs und Martina Sheridans Bruder gewesen sein, schließlich habe ich gesehen, wie sie am selben Tag um den Bungalow herumgeschlichen sind.) Ein paar Tage später lagen die Sachen wieder im Garten, zerfetzt, zerstückelt und mit Lippenstift beschmiert – lauter Obszönitäten. Aber das war mir egal. Als mir aufgegangen war, was ich Tina angetan hatte, war ich so daneben, daß ich gar nichts mehr richtig mitbekommen habe. Endgültig zusammengebrochen bin ich erst, als ich Squire fand, denn was sie mit dem gemacht hatten, war schrecklich. Diesmal wußte ich genau, daß Smigs und Sheridan dahintersteckten, denn als ich am nächsten Tag die Straße entlangkam, pfiffen sie hinter mit her und schrien: »Wuff! Wuff!«

Ich mußte mir eine Geschichte über ihn (Squire) zurechtlegen: daß er weggelaufen war, und ging ihn sogar mit Charlie suchen, denn ich wußte, daß es ihr das Herz brechen würde. Als wir nachts Arm in Arm dalagen, hat sie so geschluchzt, ich glaube, das hätte für tausend Tode ausgereicht. Wenn man den genauen Zeitpunkt bestimmen wollte, von dem an Charlie sich zu erholen begann, dann war es das – als hätte sie jetzt alles erlitten, was zu erleiden ist, schlechter gehen konnte ihr es nicht mehr.

Am Morgen unseres Aufbruchs gingen wir an Irwins Grab – genau gegenüber denen von Pat McGrane und Eamon Faircroft –, und nachdem wir eine Weile über die Abende in Cavan geredet hatten und darüber, daß die beiden auf ihrer Hochzeit Rob Strong and die Plattermen hatten spielen lassen wollen, schilderte sie mir, wie sie im Leichenschauhaus sein Gesicht gesehen und wie sie das verändert hatte. Und 1975, der Tag auf dem Friedhof, bevor wir für immer aus Tyreelin fortgingen, war das letzte Mal, daß ich sie habe weinen hören

Sechsundfünfzigstes Kapitel
Der gehört zu uns!

Was natürlich schon lange her ist, aber wie ihr euch sicherlich denken könnt, hat sich *chez* Pussy nicht sehr viel verändert. Sie ist immer noch hier und stöhnt und jammert über all die Menschen, die sie verlassen haben – aber was Terence angeht, das hätte ich ihm ehrlich nicht zugetraut! Ich meine, ich habe zur Krankenschwester gesagt: »Ich habe hier was aufgeschrieben, das Dr. Terence interessieren dürfte, Schwester.« Und was sagt sie da, ohne mit der Wimper zu zucken, ich schwör's: »Ach, der arbeitet nicht mehr hier!« Ich weiß noch, wie ich eine Weile – vielleicht eine Minute lang – dastand und darauf wartete, daß sie grinst und sagt: »Ha ha – reingefallen, Mr. Braden! Da kommt ja schon der Herr Doktor!«

Aber als ich wieder hinsah, war sie verschwunden, und da war nichts, nur die leeren Korridore und Geschrei von einer Kricketpartie, die irgendwo hinter dem Gebäude stattfand. Wie ihr euch denken könnt, habe ich geheult wie ein Schloßhund und war, als ich nach Hause ging (inzwischen werde ich ambulant behandelt), so außer mir, daß ich alles verbrennen wollte, was ich für ihn aufgeschrieben hatte und was mit ihm zu tun hat.

Jetzt, wo einige Zeit vergangen ist, bin ich froh, daß ich's nicht getan habe, weil ich ihn noch immer liebe, auf eine merkwürdige und ganz besondere Art. So wie ich jeden liebe, der mich in die Arme nimmt und sagt: »Pussy? Eins weißt du doch, nicht wahr? Du weißt, daß wir, du und ich, uns in dieser Welt ein gemeinsames Zuhause einrichten, nicht wahr?«Natürlich weiß ich das – nur daß es nie so weit kommt!

Aber bei Charlie hat es geklappt, und ich finde, sie

sieht jetzt tatsächlich jünger aus als damals! Ihre Haut ist pfirsichzart, und obwohl sie drei Kinder hat, ist sie immer noch genauso verrückt wie früher. Nein, nicht so – ich meine, nicht schlimm verrückt! Seit sie Doug kennengelernt hat – er war zur gleichen Zeit wie sie Kunststudent an der Slade School of Fine Arts –, ist sie wieder ganz die alte, und nichts ist schöner, als wenn's draußen klingelt und ich den Klang ihrer Stimmen höre.

* * *

Nur Mami habe ich nie gefunden, obwohl ich nach meinem Weggang aus Tyreelin ganz London nach ihr abgesucht habe. Meinen Begleitservice habe ich schon vor Urzeiten aufgegeben. Eines Abends bin ich in den Armen eines armen, unglücklichen Mannes zusammengebrochen und habe geheult: »Laß mich los! Du liebst mich nicht! Keiner von euch liebt mich!« Am Tag darauf habe ich dem »War On Want« Laden in Kilburn den gesamten Inhalt meines entzückenden Kleiderschranks vermacht! Bis auf meinen Hauskittel und mein Kopftuch natürlich, die in diesem Heim für Tagelöhner mit Haarbüscheln auf den Nasen für soviel Belustigung sorgen. Neulich kam ich vom Einkaufen und begegnete einigen von ihnen im Treppenhaus. »Ah, da sind Sie ja, Mrs. Riley!« ruft einer von ihnen, und ein anderer flüstert: »Die ist nicht ganz richtig im Oberstübchen!«

Ich mußte an mich halten, nicht zurückzugeben: »Tut mir leid, aber da muß ich euch enttäuschen, Jungs! Eher im Unterstübchen, fürchte ich!« Aber dann dachte ich, was soll's, schloß auf und ging rein. Denn um die Wahrheit zu sagen, eigentlich stören sie mich kaum, nur wenn sie betrunken sind oder sich langweilen und sich abreagieren wollen. Ein-, zweimal haben sie mich sogar auf 'ne Fete eingeladen! Da ging's wieder voll mit mir durch, das kann ich nicht leugnen; ich malte mir aus, wie ich mit flatternden Röcken, nach Chanel duftend, die Treppe hinunterschweben, in ihre Wohnung stürzen und ihnen eine Dusty- oder Lulu-Nummer hinlegen würde, die diese unschuldigen Gemüter aus Sligo und Leitrim lange nicht vergessen würden!

Aber am Ende schlug ich die Einladung doch aus, denn machen wir uns nichts vor, das liegt jetzt alles hinter mir, und eigentlich will ich nur in Ruhe gelassen werden, in meinen Illustrierten blättern, wieder nach Mitzi und ihren Krussellocken Ausschau halten, mir vielleicht irgendwann die Zeit nehmen, Terence zuliebe aufzuschreiben, was mein sehnlichster Wunsch ist (darum hatte er mich gebeten, auch wenn er es jetzt nicht mehr zu Gesicht bekommen wird): nämlich im Krankenhaus aufzuwachen, um mich herum meine Familie, vielleicht erschöpft von den Wehen, aber mit rosengleichen Wangen. Und dann streiche ich meinem kleinen Sohn über das weiche, zarte Köpfchen und betrachte meine Verwandten, wie sie strahlen vor Stolz, sich vielleicht ein, zwei Tränen aus den Augen wischen – na wenn schon! – und mit erstickter Stimme sagen: »Der gehört zu uns!«